HOGYN SYRCAS

MARY ANNES PAYNE

Argraffiad cyntaf – 2003

ISBN 1 84323 222 7

Mae Mary Annes Payne wedi datgan ei hawl dan
Ddeddf Hawlfraint, Dyluniadau a Phatentau 1988 i
gael ei chydnabod fel awdur y llyfr hwn.

Dymuna'r cyhoeddwyr gydnabod cymorth
Cyngor Llyfrau Cymru.

Argraffwyd yng Nghymru gan
Wasg Gomer, Llandysul, Ceredigion

1

Be dw i'n gofio? Ogla saim *chips* a huddug, y fflamau'n dawnsio yn y grât, fel fi'n dawnsio oddi wrth beltan fy mam. Doedd hi byth yn ddigon sydyn i fy nal, yr hen falwen, a'i thafod yn dew wrth iddi weiddi f'enw, 'Geraint, Geraint,' a'i llygaid yn dawnsio yn ei phen fel y fflamau yn y grât a minnau'n ei phryfocio. Corff tew, araf, yn methu symud. Chwerthin tu ôl i'm dwylo, ei hwyneb yn ddarnau bach twt rhwng fy mysedd: un llygad, un geg, un trwyn, un llygad arall, darnau bychain fel llun wedi'i dorri.

'Ty'd yma, y bastad bach, cyn i mi hannar dy ladd di.' Roedd gen i lot o enwau, ond *bastad bach* oeddwn i fel arfer: *Geraint y bastad bach, y bastad bach Geraint*, neu jest *y bastad bach*. Fel y tro y trois i'r jŵg lefrith wrth gicio fy ffwtbol yn y tŷ, meddwl fy mod i'n George Best, sgorio gôl, torf yn cymeradwyo, curo dwylo, clodfori'r bastad bach. Llyn ar yr oelcloth, drip dripian ar y linoliwm fel tap yn gollwng, a wyneb fy mam, ei gwefus isaf ar ei gên ddyblyg.

'Y bastad bach!' Y geiriau bron wedi'u sibrwd, jŵg ei mam, jŵg orau wedi ei gosod ar y bwrdd y bore hwnnw yn lle'r botel lefrith, am fod rhywun yn dŵad i'r tŷ, y dyn siwrans yn galw am ei bres, neu'r dyn trwsio teledu, neu fy nhad.

'Mae'r bastad bach isio tad. Sut fedra i ga'l trefn arno fo a chditha'n hel dy draed bob cyfla ti'n ga'l, 'run fath â rhyw hen gi a'i drwyn i'r gwynt?'

Doedd Mam ddim yn gwisgo lipstic fel y ddynes o'r Wirral, na sgidiau sodlau uchel am ei ffêr tew; doedd 'na ddim ogla sent arni, dim ond chwys, a rhywbeth arall allan o botel.

'Mae gen i rywbath i ddangos i ti.'

Rhywbeth tu ôl i'w gefn, finnau'n aros yn fy unfan, ofn symud.

Y tro dwytha, rhoddodd fy llaw yn ddall ar belen flewog y pry cop mwya yng Nghymru a'r byd, y piso'n llithro i lawr fy nghoesau, ofn agor fy llygaid, ei law fawr ar fy un fach i. Bol caled blewog coconut o'r ffair, dyna i gyd, fy nhad yn chwerthin, ei ddannedd fel bysedd piano melyn, gormod o faco. Beth oedd mor blydi doniol, gwaeddais, nes bod y dagrau'n pigo fy llygaid; fuasai George Best ddim wedi crio.

Crio nes bod Mam yn crio hefyd, y deigryn ar gnawd ei boch yn sgleinio.

Brenin oedd fy nhad, meddai, yn mynd a dŵad fel roedd o isio, ypsetio'r bastad bach, ac ogla'r ddynes 'na ar ei got ac ar ei wynt ac ar ei wefus, ac yntau'n mynd â hi i'r ffair a phrynu inja roc a modrwyau gwydr iddi hi. Dywedodd Megan Tŷ Pen y cwbl wrthi dros y wal. Ei gŵr yn yfed yn yr Uncorn welodd y cwbl, syllu drwy'r ffenest fach ar y cwpl yn stopio i ddwyn cusan tu ôl i'r stondinau, yn y cysgodion, Merfyn Ty'n Llwyd a'i ffansi ledi.

Yntau'n gollwng ei ben i'w sodlau, gwrthod fy llygad, mwmian bod y pentre'n bowlen wydr ac yntau'n bysgodyn yn nofio rownd a rownd am byth.

Brenin neu bysgodyn, doeddwn i ddim yn gwybod, yn chwech oed, dim ond gwybod mai fy nhad oedd o. Fy nhad yn ei wasgod a gosai fy wyneb wrth iddo fy ngwasgu'n dynn i'w frest fel pe bai arno ofn i mi ddianc, a finnau'n methu â chael fy ngwynt ac yn clywed ogla sent a baco ac yn ddigon gwirion i ddweud a chael peltan arall gan Mam.

Hithau'n lluchio'r fodrwy felen ar draws y bwrdd, nes ei bod yn gylch o haul ar flodau patrwm yr oelcloth. Yn gweiddi bod un fodrwy'n ddigon, un fodrwy, un briodas, nid modrwy wydr dynes wydr i'w rhoi ar y silff ben tân, dynes degan i'w chusanu.

Dyna pam yr arhosais lle'r oeddwn i y diwrnod hwnnw, ofn symud, rhag ofn bod pry cop mawr ffug arall tu ôl i'w gefn i wneud i mi biso i lawr fy nghoesau.

2

Tocynnau syrcas oedd ganddo fo, dyna i gyd, dim byd arall i fy nychryn. Doeddwn i ddim yn gwybod bryd hynny y bydden nhw'n newid fy mywyd.

Fedrwn i ddim darllen y Saesneg ar y tocynnau, fedrwn i ddim siarad na darllen yr iaith honno'n iawn am bron i ddwy flynedd arall. Felly yr oedd pethau yr adeg honno. Cofiaf weld poster ar bolyn teligraff, a llun dyn hefo fflam oren yn chwydu o'i geg: Togora'r folcano dynol. Cofiaf ei weld yn y cnawd wedyn, yn llyncu tân go iawn, fel y tân oedd yn dawnsio yn y grât ac yn taflu cysgodion ar y pared.

Fedrwn i ddim aros i fynd i'r syrcas. Roedd gwyliau'r haf wedi bod yn un dydd hir ar ôl y llall, finnau'n chwarae yn y llwch, yn gwneud patrymau hefo darn o frigyn wedi breuo, yn sgwennu f'enw yn y baw, Geraint Ty'n Llwyd.

'Gwna rywbath, wnei di,' harthiodd Mam. ''Neno'r Tad, hel dy draed, ti'n crafu yn y llwch 'na 'run fath â rhyw hen iâr ers dyddia.'

Mae'n siŵr fy mod wedi dianc i'm byd bach fy hun. Be oedd plentyn chwech oed i'w wneud mewn pentref mor ddi-gic â Llwyn Berth, ond crafu yn y llwch a breuddwydio ei fod yn George Best wrth gicio'i ffwtbol feddal yn y stryd.

Doeddwn i ddim yn deall pres 'run fath â mae plant heddiw. Rhywbeth yn gwneud sŵn ym mhoced fy nhad wrth iddo fo gerdded oedd pres, chwe cheiniog i fynd i'r siop i brynu *liquorice, lemon sherbet,* Bazooka Joe, *spearmint, lucky bag* a *gobstopper.* A hanner coron yn ormod o bres i mi, ac yn drwm yng ngwaelod pwrs fy mam.

Un diwrnod hir ar ôl y llall oedd yr haf hwnnw. Cerdded drwy'r gors hefo Elwyn, Eric a Dick, y dŵr drewllyd yn gwlychu'n sanau. Chwilio am nythod. Herio'r baedd yng nghae Ned Jôs. Naddu saeth i ddallu'n gelynion. Ac mi oedd 'na lot ohonyn nhw.

Y ddynes oedd yn byw wrth y fynwent, nad oedd yn leicio plant, na sŵn, na'r ceir a rasiai'n gyflym heibio i'w thŷ nes bod y llestri yn y cwpwrdd gwydr yn ysgwyd.

Yr *alsatian* mawr ffyrnig a ysgyrnygai wrth droed y gât pan oedden ni'n cerdded heibio.

A'r ysbryd yn Nhŷ Coch.

Y ffansi ledi.

Taflu cerrig i'r môr, methu gwneud iddyn nhw ddawnsio ar wyneb y dŵr fel Dad.

Trio a methu.

Trio a methu.

Elwyn yn piso i'r môr, yn troi ac yn dangos ei bidyn i'r bws o bobl gwyliau wrth ymyl.

Rhedeg i ffwrdd a'r gwynt yn cosi'n gwalltiau.

Rhedeg ar ôl Marian a Pauline a Rhiannon.

Gofyn am sws a chael peltan.

Torri'r cranc yn ddarnau, nes bod ei blisgyn ar fy nghrys fel dagrau.

Gwthio fy mysedd i'r tyllau ym môn y clawdd, a'm

trwyn i bacedi Condor fy nhad. Ogla baco, ei ogla ef ar fy ngobennydd pan oedd gwely Mam yn wag ohono; Mam a finnau'n ei rannu hefo'r ffansi ledi, y ddynes hefo'r fodrwy wydr a'r wefus goch fel y pabis ar y gofeb yn y sgwâr.

Llygoden fawr yn y cwt glo.

Potiau brilcrîm yn y bathrwm a Mam yn crio.

Isio iddo *fo* fynd â'i daclau o'ma, ei byjamas a'i frws dannedd, a'i grib a'r potiau brilcrîm pob un.

Ei weld yn sefyll wrth y drws a'i gês yn ei law, ei lygaid ar ei draed.

'Hel dy bac, y bastad.' A'r geiriau'n fy mrifo fel cyllell ar friw.

'Ond be am y syrcas? Wnest ti ddeud buasa chdi'n mynd â fi i'r syrcas.'

Y llonydd yn y gegin, a'r cloc yn tician, Mam yn yfed rhywbeth melyn o wydr, potel hanner llawn ar y bwrdd.

Neb yn siarad.

'Wnei di fynd â fi i'r syrcas, gwnei?'

Fy llais fy hun yn torri'r distawrwydd.

Llygaid brown gobeithiol fy nhad yn troi at Mam.

'Be ti'n ddeud? Be ti'n ddeud, Nans?'

Hithau'n rhoi ochenaid ac yn yfed mwy o'r ddiod yn y gwydr.

'Unwaith,' chwyrnodd yn ei gwddw fel ci.

Aeth y cês yn ôl o dan y gwely a diolchais i'r syrcas am drwsio Mam a 'nhad. Diolchais i'r syrcas am y tusw o flodau hefyd, a lanwai'r tŷ â'i bersawr.

Diolchais i'r syrcas am y gusan roddodd o ar ei gwefus dew.

'Mae gen i syniad sut i wneud pres, Nansi, mae gen i syniad gwell tro yma. Ga i ni allan o'r twll 'ma rywsut, Nans, dw i'n addo. Goda i'r hen leino 'na a rhoi carpad ar loria'r llofftydd i gyd i chdi, wal wrth wal, 'run fath â ti 'di bod isio, 'run fath â sy gan Megan Tŷ Pen.'

'A rhoi stop ar dy grwydro?'

Cwestiwn fy mam yn disgyn i berfeddion distawrwydd. Yntau'n mynnu y byddai pethau'n newid; roedd ganddo syniad. Syniad gwell y tro hwn nag unrhyw syniad.

Roedd arna i ofn syniadau fy nhad fel roedd arna i ofn peltan fy mam. Ofn y gobaith yn tyfu gyda phob un, yna'n marw fel y madarch yn y bocsys orenjys o dan y tarpolen yn yr iard.

Ofn y syniadau oedd yn mynd i'n hachub, fel y ffarm gwningod oedd yn mynd i roi gwên ar wyneb fy mam a phres yn ei phwrs a'i hatal rhag yfed y stwff chwerw yn y botel. Llyfais ddropyn oddi ar fy mys, a llosgodd fy ngheg.

Na, roedd y syniad yma'n well nag unrhyw syniad; yr hen fan yng ngarej Watkin Lloyd isio'i thrin, cot o baent go dda, *Merfyn's Ices* yn yr haf, *Merfyn's Snack-bar* yn y gaeaf.

'Gei di helpu,' meddai, a'i law ar fy ngwar. Dw i'n cofio fy mam yn sythu ac yn edrych yn falch, yn rhoi crib drwy'i gwallt llipa.

'*Joint venture*,' meddai. '*Family concern,* mi fydd pawb yn helpu.'

'*Roaring trade*,' meddai fy nhad a'i lygaid yn sgleinio. 'Pobl y fania 'ma'n gneud *roaring trade*. Y Saeson, ti'n gweld, yn tyrru yma, isio wsnos wrth lan y môr, hufen iâ unwaith, ddwywaith, deirgwaith y dydd, gwna di'r sym . . .'

'Lot o bres,' meddai fy mam, gan gydio ym mlaen y bwrdd ac anadlu'n drwm fel pe bai wedi rhedeg ras. 'Gawn ni symud.'

A'i llygaid wedi mynd yn freuddwydiol rywsut, wedi rhoi'r gorau i ddawnsio fel y fflamau yn y grât, y sbarc gwyllt yng nghannwyll pob un wedi dofi.

Teimlais wres ei gobaith yn cynhesu fy moch a fy ngwefus fel cusan. Dyma'r fam roeddwn i isio, y fam gynnes, obeithiol. Ac yn fuan wedyn daeth y syrcas i'r dre.

3

Gwelais streips gwyn a glas y babell yn ymestyn drwy ganghennau'r coed; y carafanau a'r tryciau â'u sgwennu lliwgar.

The Roberts Brothers. The Greatest Show on Earth.

Ogla baw a phiso anifeiliaid yn fy ffroenau, a siwgr y candi fflos a sbeis sosej a byrgar. Sŵn y band yn chwarae.

'Syrcas fawr,' meddai fy nhad yn falch, fel petai o'n gyfrifol, rywsut. 'Syrcas hefo'i band ei hun; y band 'di'r peth cynta i fynd pan mae busnas i lawr.'

Dwy ferch ddel yn ein tywys i'n seddi, miwsig carnifal yn ein dilyn, pwll o olau ar gylch y llwyfan, a'm calon yn curo.

'Be sy? Ti'n iawn? Mae dy wynab di fel calch.' Llais fy nhad rywle yn y pellter.

'Dw i'n ocê,' sibrydais, gan wasgu fy migyrnau'n wyn. Y peth dwytha roeddwn i am ei wneud oedd dangos bod gen i ofn. Roedd yna blant llai na fi yn eistedd wrth y ffens yn chwerthin, ac yn curo'u dwylo pan ddiffoddwyd y golau a'r utgorn yn seinio, a'r llenni coch yn agor, a meistr y cylch yn ymddangos yn ei got ysgarlad a'r chwip yn ei law. A'r chwip yn clecian wrth lyfu'r llwyfan, ac yn gwneud i mi neidio allan o 'nghroen, a 'nhad yn chwerthin.

'Be sy mor blydi doniol?' meddwn i'n flin.

Tynnodd y meistr ei het i sŵn dadwrdd y drymiau.

'*Ladies and Gentlemen, welcome to . . . The Greatest Show on Earth,*' meddai, gan droi a moesymgrymu o'n blaen.

Sylwais ar y graith yn rhimyn hir fel afon o'i lygad i'w foch.

Yna dechreuodd yr orymdaith orau: chwip y meistr wrth sodlau'r stalwyni a ddaliai eu pennau'n osgeiddig wrth garlamu rownd y cylch, a'r ceffylau Shetland duon bywiog yn dynn ar eu hôl; y Palominos euraidd, Sasha'r clown mewn trowsus tartan, y ddwy ferch ddel oedd wedi ein tywys i'n seddi bellach ar gefn Salem y camel, a'r dyn a rwygodd ein tocynnau wrth y drws yn un o'r *Arab Tumblers* o Foroco. Un o gerddwyr y weiren yn troi ei thraed dros ei phen ar gefn ceffyl.

Dw i'n cofio gwên syrcas ffug y perfformwyr dynol wrth iddynt weu rhwng yr anifeiliaid llywaeth, a dynes yn pefrio â secwins ar gefn eliffant. A choets ddol o gŵn bach mewn ffrogiau llachar tyn, merched y trapîs, a Togora'r folcano dynol.

'Sut nad ydy ei geg o ddim yn llosgi?' gofynnais, wedi fy syfrdanu gan y dyn tenau mewn dillad sidan glas a'r fflamau'n llyfu o'i geg fel draig.

'Tric,' meddai 'nhad, 'tric sy wedi cymryd blynyddoedd i'w ddysgu.'

Pawb yn clapio, finnau'n meddwl mai dewin nid dyn oedd Togora, fel y dewin yn y llyfr oedd gen i gartre.

Troi fy llygaid i'r nen, i entrychion y babell lle

disgleiriai'r bêl wydr gan daflu caleidosgob o liwiau wrth droi a throi. Cefais fy mesmereiddio gan ei henfys, gan y ddynes ddel a'r bachyn ynghlwm wrth gynffon ei gwallt, a hithau ynghlwm wrth y bêl ac yn troi a throi nes ei bod yn ddiemwnt aneglur, fel llun a'r inc wedi rhedeg.

Do, fe gefais fy mesmereiddio, gan y dewin a'r bêl a'r golau'n chwarae mig, gan greu byd hudolus a'm denodd y diwrnod hwnnw fel blodyn prydferth yn denu gwenynen.

Chwerthin ar Midge y clown bach yn ei got twîd, ei het banamâ a'i drowsus gwlanen, yn smalio bod yn ŵr mawr, yn smocio sigâr a ffrwydrodd fel tân gwyllt yn ei wyneb, a'r gwreichion yn diffodd ar y llwyfan fel plu eira'n meddalu.

A'r cyflymdra; un olygfa ar ôl y llall yn gweu i'w gilydd yn ddiymdrech, yn wledd i'r llygad. Hogiau'r cylch yn rhedeg ar y llwyfan fel pêl-droedwyr, yn estyn platfform neu bedestal neu hŵp, yn tynnu rhwyd ddiogelwch, lle funudau yn ôl roedd tîm o Hwngari wedi bod yn mentro'u bywyd ar y trapîs, yn siglo o dan soser o olau mewn symffoni berffaith. Clywed sŵn fy nghalon yn curo yn y distawrwydd a'r ofn yn tagu yn fy ngwddw, cofio gweld y wên wirion ar wyneb fy nhad, ac isio pi-pi.

Ffurf eu cyrff acrobatig yn cylchdroi o flaen fy llygaid, fel pryfed yn gwibio ar wyneb y dŵr, yn cellwair o un siglen i'r llall ar draws hemisffer fawr y babell, eu cymalau'n ysgafn droi fel doliau.

Tro gwyrthiol yn yr awyr, amseriad perffaith, *double pirouette* a gymerodd ddwy flynedd i'w berffeithio.

Er, nid oeddwn yn gwybod bryd hynny, pan syllais hefo fy llygaid plentyn ar eu pyramidiau dynol, pa mor anodd ydoedd i'w berffeithio, a faint o ymarfer unig, llafurus oedd tu cefn iddo.

'Dad, dw i isio pi-pi.'

A'r wên eto'n dangos ei ddannedd melyn.

'Mae'r llewod yn dŵad rŵan, 'sti. Ti ddim isio colli'r llewod, nac oes?'

Croesi fy nghoesau'n dynn, yn falch fy mod yn eistedd ymhell i fyny'r rhes o seddi coch, ymhell oddi wrth y llwyfan oedd yn farrau i gyd yn sydyn.

'Dw i'n cofio dyn yn rhoi ei ben reit i mewn i geg llew.'

'Wneith o ddim tro yma, na wneith?'

'Biwti Cwîn Sioe Llandŵr yn mynd i mewn i'r caets ac yn smocio sigarét.'

Roedd fy llygaid ar y llew yn cerdded rownd ymyl y cylch, yn dilyn y dyn hefo'r ffon, ei ben i lawr ac yn chwyrnu'n fygythiol.

'Pam mae o'n pwnio nhw hefo'r ffon?'

'Dangos iddyn nhw pwy 'di'r bòs . . . darn o fambŵ ydy o.'

'Be 'di bambŵ?'

'Planhigyn sy'n tyfu yn Tsieina.'

Symudais i gesail fy nhad; roedd o'n gwybod popeth.

'Fedran nhw ddim denyg, na fedran?' gofynnais, wrth i lew ei daflu ei hun yn ffyrnig yn erbyn barrau'r caets nes bod hwnnw'n ysgwyd, a'r dorf yn gweiddi ac yn rhybuddio'r dyn rhag mynd i mewn.

'Tric,' sibrydodd fy nhad, wrth i'r dofwr llewod droi atom yn gyfrinachgar a gofyn am ddistawrwydd.

Edrychais i wyneb y llew, i'w lygaid oer oer, a theimlo'r cryndod i lawr fy nghefn.

Mwng aur, trwchus. Gallech ddweud cyflwr syrcas gan gyflwr ei llewod, meddai fy nhad. Syrcas fawr oedd hon hefo Band a Chaets Mawr, ond roedd y ddwy lygad fel petaent yn fy nilyn, ac yn gwneud i'r chwys bigo cledr fy llaw.

'Llygaid neidr,' meddwn, 'fel y sarff yn y Beibl yn tŷ Nain.'

Llygaid oer, milain, brwnt, heb galon i'w cynhesu, er bod calon yn curo ynddo fel ni.

Daeth hogiau'r cylch i arwain y llewod yn ôl drwy'r twnnel tywyll y tu ôl i'r cyrtens coch, a chododd gwaedd fawr o'r gynulleidfa wrth i'r dyn agor drws y caets a mynd i mewn.

Roeddwn i'n siŵr y funud honno, wrth glosio at fy nhad, bod y dyn tenau yn ei ddillad gwyrdd llachar, a oedd yn dal i wenu, yn ffŵl, a'i fod am ddiflannu i grombil llew unrhyw funud fel Jona i berfedd y morfil. Ond safodd wrth eu traed yn syth ac yn ddewr ac yn fychan, gan luchio'i chwip i'r awyr nes bod y llewod yn llamu tuag ato. Yna tynnodd y chwip yn ôl nes eu bod yn camu'n ôl yn barod i ymosod, eu traed ar y pedestal, eu pawennau'n cwffio'r awyr, a'u chwyrnu isel yn ei rybuddio rhag dod yn nes.

Distawrwydd heblaw am ysgyrnygu terfysglyd y llewod, un a'i gynffon i fyny a'i ben i lawr fel pe bai'n barod i neidio unrhyw funud.

Gwelais fod eu llygaid oer ar eu meistr, wedi eu mesmereiddio am yr eiliad roedd ei angen arno i lithro'n sydyn drwy ddrws y gawell, a gwaedd anifail wedi ei drechu yn ei ddilyn, wrth i'r llewod ruthro – yn rhy hwyr – am farrau'r caets.

Teimlais lif cynnes, araf fy mhiso fy hun i lawr fy nghoesau, a'r cywilydd yn llosgi fy wyneb.

'Ddwedis i wrtha chdi 'mod i isio mynd, do? Ddwedis i!'

'Paid â phoeni,' meddai fy nhad, 'wneith neb sylwi.'

Finnau'n siŵr bod pob llygad ar y clwt gwlyb ar fy nhrowsus.

Roeddwn i'n falch o weld y stalwyn bach du yn carlamu i'r cylch, ei ben i fyny'n fywiog a'i ffroenau'n chwythu.

Daeth y dyn yn ei got ysgarlad eto i glecian ei chwip wrth draed y ceffyl.

'Fo sy piau'r syrcas?' gofynnais.

Nodiodd 'nhad ei ben yn wybodus.

'Fo 'di'r pen dyn,' meddai. 'Fo 'di'r hyna o'r *Roberts Brothers*; fo sy'n rhedag y sioe.'

Edrychais mewn edmygedd; dewin arall fel Togora, ei got yn chwifio y tu ôl iddo fel barcud yn y gwynt. Trodd atom gan ddweud rhywbeth yn Saesneg.

'Mae o isio i'r ceffyl ddewis dynas sy mewn cariad,' eglurodd fy nhad.

Doeddwn i ddim yn deall bryd hynny beth oedd bod mewn cariad.

Chwarddodd y dorf pan safodd y stalwyn o flaen merch ddel yn y rhes flaen, gan daflu ei ben i'r awyr yn osgeiddig a chwythu o'i ffroenau.

Pan ofynnodd meistr y cylch i'r ceffyl faint o amser fyddai'n pasio cyn i'r ferch ddel briodi, cododd yr anifail ei droed unwaith, ddwywaith . . .

'Dwy flynedd!' gwaeddodd y dewin yn y got goch.

Yna faint o blant oedd y ddynes yn mynd i'w cael, a chododd y stalwyn ei droed unwaith, ddwywaith . . . ddeg o weithiau, nes bod y gynulleidfa'n chwerthin, ynghyd â 'nhad a finnau, er nad oeddwn i'n deall arwyddocâd y jôc.

Pan ddaeth Birma yr eliffant i'r cylch a dynes ddel ar ei gefn yn gwisgo bicini glas ac yn chwythu cusan i'r gwagle, chwythodd fy nhad gusan yn ôl.

Gwenodd y ddynes a theimlais fy wyneb yn poethi wrth i'r soser o olau ddisgyn ar fy malog.

'*Welcome*,' gwaeddodd Kay.

'Be 'di *welcome*?' meddwn, gan suddo'n is i'm sedd.

'Croeso,' sibrydodd fy nhad, a sylwais fod yntau'n cochi ac yn sbio ar ei draed fel hogyn ysgol.

Neidiodd Kay oddi ar gefn yr eliffant fel pluen yn

y gwynt. Symudodd yr anifail yn bwysfawr bwysig at bedestal, yna cododd ei draed mawr trwm i gymeradwyaeth y gynulleidfa.

Gwenodd Kay gan estyn ei braich i'r gwagle a throi ei thin yn y bicini glas. Dw i'n cofio anadl fy nhad yn fyr ac yn gyflym wrth fy ochr, a'i lygaid brown yn sgleinio, a'r eliffant yn codi ar ei draed ôl gan droi yn ei unfan yn araf ac yn fwriadol mewn walts berffaith. Dw i'n cofio'r curo dwylo a'r chwerthin, a'r ferch ddel yn gofyn am ddistawrwydd; dw i'n cofio'i gweld yn llithro ar y llawr fel neidr o dan draed yr eliffant.

A finnau'n siŵr, wrth i'r droed godi'n araf ac yn llafurus ac oedi uwchben talcen gwyn y ddynes, y byddai ei hwyneb del yn cracio'n ddarnau mân fel dol tsieni fy mam pan ddisgynnodd oddi ar y silff, ei phenglog yn deilchion o dan bwysau'r droed drom, yn chwydu'n ddarnau mewn pwll o olau a'r meistr yn dal i wenu a'r band yn dal i chwarae ond gwên y ddynes wedi ei thorri.

Ond codi wnaeth hi y tro hwn, a'i gwên yn gyflawn. Neidiodd ar gefn Birma, a oedd yn lledr coch a melyn ac yn stŷds arian i gyd, a'i siarsio i ben pella'r cylch. Yno fe gododd yr eliffant hances boced fawr wen hefo'i drwnc a pharhau i gamu'n ôl gan ysgwyd yr hances mewn ffarwel tra oedd y band yn chwarae, a llygaid fy nhad ar ei draed eto, wrth i Kay chwythu cusan arall i'n cyfeiriad.

Yna yr orymdaith olaf, y perfformwyr dynol a'r

anifeiliaid yn gweu drwy'i gilydd, gwên ffug y syrcas wedi glynu ar eu hwynebau, a'r band yn chwarae.

Y ddynes dew yn tynnu'r goets o gŵn bach, rhai'n neidio allan yn chwareus ac yn llamu ar gefn ceffyl; un arall yn sefyll ar ei draed ôl, a phawb yn chwerthin.

'Dw i'n cofio dynas ddu,' meddai 'nhad, 'a pheithon.'

'Be 'di peithon?'

'Neidr fawr fawr sy'n gallu dy ladd di wrth lapio'i hun o dy gwmpas di fel rhaff a dy wasgu.'

'Gwelodd Elwyn, Eric, Dick a fi neidr yn y gors – un frown, 'run lliw â'r brwyn.'

'Mae peithon yn medru tyfu'n hir ac yn dew fel coeden.'

'Pa mor hir?'

'Mor hir â'r rhes yma.'

Syllais ar y rhes o gadeiriau coch a ymestynnai o un pen y babell i'r llall, ac ofn yn curo yn fy nghalon.

'Does 'na 'run yng Nghymru, nac oes? Does 'na 'run yn Llwyn Berth?'

Fy nhad yn gwenu eto a finnau'n sylweddoli ei fod yn fy mhryfocio, ac yn teimlo'n flin am nad oeddwn yn leicio cael fy mhryfocio.

Y cŵn yn chwarae wrth draed Birma'r eliffant ac yn atgoffa fy nhad o rywbeth ddigwyddodd unwaith i gi bach arall ac eliffant o'r enw Samson, mewn syrcas arall ymhell yn ôl.

4

Fedrwn i ddim cysgu'r noson honno wrth feddwl am yr hyn ddigwyddodd i'r ci bach yn y syrcas fawr, ymhell cyn i mi gael fy ngeni.

Gorweddais, gan droi a throsi yn fy chwys fy hun, a chau fy llygaid yn dynn rhag y droed drom oedd yn dod i lawr yn araf deg ar fy mhen, yn fy ngwasgu fel y ci, nes fy mod yn mygu o dan wadn boeth ei groen gwydn, yn dalp meddal o gig a gwaed o dan soser ei droed.

Dywedodd Mam ei fod o ar fai, yn adrodd straeon o'r fath i'm hypsetio, fe ddylsai dyn yn ei oed a'i amser wybod yn well na dychryn y bastad bach oedd yn piso yn ei drowsus am y peth lleia.

'Duw, mae'n amsar iddo fo gledu,' meddai yn ddiamynedd, 'cyn i'r byd 'ma ei gledu o.'

Doeddwn i ddim isio iddyn nhw ffraeo ar fy nghownt i. Nid rŵan a 'nhad wedi rhoi'r gorau i'r ffansi ledi ac wedi prynu'r fan yng ngarej Watkin Lloyd, a Mam yn edrych ymlaen at gael carped ar y llofftydd a mynd i rywle heblaw blydi Rhyl bob blydi haf.

Dro arall y peithon fyddai'n dringo'n dawel i fyny postyn fy ngwely, gan lithro rhwng y cynfasau a 'nghoesau fel priciau tenau yng nghyffion ei gorff llithrig, dyblyg, triphlyg, yn gwasgu'r anadl ohonof.

'Paid â deud dim mwy o hanas y blydi syrcas wrtho fo,' meddai Mam. 'Mae o wedi codi drwy'i hun ddwywaith yn barod wsnos yma, ac wedi disgyn ar wastad ei gefn i lawr y grisia am fod 'na blydi eliffant ar ei ôl o.'

Efallai mai fi oedd ar fai, yn mynnu cael gwybod, yn ei holi pob cyfle gawn i.

'Pam wnaeth yr eliffant sathru'r ci bach, Dad, pam?'

'Ti'n gwbod be ddwedodd dy fam.'

'Wna i'm deud wrth Mam, wir, ar fy llw. Plîs, dwedwch wrtha fi, Dad, plîs!'

Yntau'n dweud a'i lygaid yn pefrio.

'Dŵad yn rhy agos,' meddai a'r cadach yn ei law, ffenestri'r hen fan isio'u glanhau, nes bod haul gwan ddechrau Medi'n eu melynu.

'Lle roedd yr eliffant?'

'Yn sownd wrth gadwyn.'

'Pam?'

'Rhag iddo fo ddenyg. Un ffyrnig oedd Samson; mae tarw isio . . .'

'Isio be?'

'Dim byd.'

Y wên eto yn chwarae ar ei wefus, yn fy mhryfocio.

'Roedd Birma'n ffrindia hefo'r cŵn a'r stalwyn.'

'Oedd, ond mae pob eliffant yn wahanol; mae rhai yn flin iawn pan maen nhw isio dynas.'

Doeddwn i ddim yn meddwl bod Dad yn flin pan oedd o isio'r ffansi ledi. Dw i'n ei gofio fo'n chwibanu yn y bathrwm cyn mynd i'r ffair, ogla *aftershave* ar ei goler, ond wnes i ddim dweud dim byd, dim ond nodio fy mhen yn gall fel pe bawn yn deall pob gair.

'Oedda chdi yna?'

'Oeddwn, welais i'r cwbl hefo fy llygad fy hun; y ci'n cyfarth ac yn rhedag i ffwrdd, yn cyfarth ac yn brathu coesa'r eliffant, ac yn rhedag i ffwrdd dro ar ôl tro. Rywsut fe ddaeth yr eliffant yn rhydd, gwallgofi, tynnu ar ei gadwyn nes iddo ryddhau'r postyn, dilyn y ci, ei ysgubo i'r awyr â'i drwnc, ei daflu o dan ei draed wrth iddo gyfarth, a'i sathru'n glewt ar y llawr. Un sathriad, dyna i gyd.'

Gofynnais iddo ailadrodd yr hanes eto fel rhywun yn codi hen grachen. Yntau'n melltithio'r gawod sydyn a chwipiai'r ffenest. Gwastraff amser, mwmiodd, eu glanhau nhw nes bod ei fraich yn brifo, a'r glaw yn eu golchi mor rhwydd. Wnaeth ychydig o faw aderyn ddim niwed i neb, beth bynnag ddywedai ei wraig. I'r gwrthwyneb, dywed rhai ei fod yn arwydd o lwc dda. A gŵyr Duw eu bod nhw angen ychydig o hwnnw.

Yfory oedd y diwrnod mawr, y diwrnod pan âi *Merfyn's Ices – Merfyn's Snack-bar* ar y lôn am y tro cynta. Roedd si y byddwn yn cael colli'r ysgol, dyna pam yr oeddwn mor awyddus i helpu y bore hwnnw.

Dw i'n cofio fy mam yn sefyll wrth ddrws y fan, bocs mawr yn ei breichiau yn llawn hufen iâ, sosejys, bara, menyn, byrgars, nionod, poteli o ddiod, a finnau'n rhoi fy llaw yn y bocs ac yn cael peltan am fusnesu.

24

Fy nhad yn gofyn a oedd hi wedi cael bara ffres, ac nid y bara sleis oedd yn glynu i dop eich ceg, a hufen iâ Walls, nid y peth rhad hwnnw o siop Garreg Galch.

Pen-ôl fy mam yn rhy fawr i'r stôl coesau hir metalig wrth y cownter marmor ffug. Ei llais yn dechrau mewn sibrwd, yna'n mynd yn uwch ac yn uwch wrth i'w sgwrs droi at bres.

Faint oedd hyn wedi'i gostio? Faint o amser fyddai'n gymryd iddyn nhw ddechrau ennill eu pres yn ôl? Oedd o'n angenrheidiol i brynu cownter marmor gwyrdd i estyn o un pen i'r llall, gwario ffasiwn bres ar hen groc o fan, pan fyddai rhywbeth-rhywbeth wedi gwneud y tro? A sosbenni newydd sbon a hithau hefo hen bethau wedi llosgi bron yn dwll. Oedd rhaid rhoi *spotlamps* ar y to a ffan i chwythu aer? Oedd rhaid gwneud cymaint o sioe? Nid yn Efrog Newydd oedden nhw'n byw ond blydi Llwyn Berth.

Llais fy nhad yn ei chysuro drwy'r cwbl, ei law ar ei hysgwydd, ei wefus wrth fôn ei gwallt cringoch.

'Ti'n poeni gormod, Nans, fydd popeth yn iawn, mi gawn ni bres, mi a' i â chdi i weld llefydd.'

Troi ei hwyneb ato, modrwyau o gysgod o dan ei llygaid.

'Ei di?'

'Gwnaf.'

'I lle?'

'Lle ti isio mynd?'

'Fenis.'

25

'Pam Fenis?'

'Rhywle rhamantus.'

'Fenis amdani.'

A fy llygaid plentyn yn ei herio nes ei fod yn gwingo ac yn troi i ffwrdd, yn sbio ar ei draed. Roeddwn i'n dechrau deall yr olwg yna, yr olwg oedd yn llawn breuddwydion.

'Syniada mawr,' meddai fy mam a thristwch yn ei gwên.

5

Ifanc oedden nhw bryd hynny, a'r gobaith yn dal i oleuo eu llygaid, ffrwd o obaith yn cochi eu hwynebau fel haul y gwanwyn.

Nansi a Merfyn, fy mam a fy nhad, wedi ymrwymo mewn cysegredig briodas, yn benderfynol o wneud i'r cyfamod weithio.

Finnau'n meddwl mai fel hyn y byddai pethau am byth, eu hwynebau ifanc yn edrych i lawr ar fy wyneb saith oed am byth.

Ond daeth newid hefo'r gwynt a'r dyddiau'n llithro un i'r llall fel mwclis o law ar lein ddillad fy mam.

'Mae gen i ffordd hefo anifeiliaid,' meddai 'nhad, wrth ryddhau'r gwningen o'r trap. 'Sbia sut mae hi'n fodlon 'mochel ar fy nglin.'

Trap twrch daear yn y darn o dir roedd o'n ei gadw wrth yr afon; ei gael o am y nesa peth i ddim gan Bob Ffridd am nad oedd neb arall isio fo, meddai Mam, gormod o ysgall i ddefaid bori.

'Be ti am neud hefo fo?' gofynnodd yn amheus.

'Cadw ceffyl,' atebodd. 'Stalwyn,' sibrydodd yn fy nghlust, 'fel yr un bach du welson ni yn y syrcas.'

'Pa bryd?' gofynnais, a'm calon yn fy nwrn.

'Pan fydda i wedi hel digon o bres i brynu'r gora.'

'Y Brenin Du,' meddwn, 'dyna be alwa i o, ac mi ddysgwn ni o sut i neud tricia.'

'Mae gen i ffordd hefo anifeiliaid, 'sti,' meddai eto. 'Ti'n cofio Samson?'

Sut fedrwn i ei anghofio, a'i droed fawr drom byth ymhell o hunllefau fy nos?

'Ar ôl iddo fo sathru'r ci, roedd pawb ofn mynd yn agos iddo fo, hyd yn oed y dyn oedd yn arfar ei drin o. Gall un trawiad gan drwnc eliffant sigo dy 'senna; gall dy ladd yn oeraidd dawel wrth iddo dy wasgu yn erbyn tryc neu wal. Roedd rhaid iddyn nhw ei ga'l o'n ôl o'r *ring* rywsut, rhag ofn iddo fo droi, rhedag yn wyllt ynghanol y dorf, a lladd eto. Doedden nhw ddim yn gwbod be i' neud. Dechreuon nhw ei bwnio hefo rhyw betha tebyg i frwsys llawr, ond rhai metal, darna sgwâr o fetal ar goesa hir. Maen nhw'n eu defnyddio fel arfar i garthu'r caets. Wnaethon nhw ei daro'n frwnt rhwng ei lygaid.'

'Welaist ti hynny i gyd?'

'Wel do, roeddwn i reit wrth eu hymyl. Ac fe wyddwn beth oedd angan, roeddwn i wedi hen arfar efo teirw gwyllt ar y ffarm. Wnes i ddangos iddyn nhw. Belan o wair, dyna i gyd, ac ychydig o gnau i'w swcro'n ôl i ddiogelwch y sièd. Ond mynnodd Jim, y *trainer,* ei daro, a bu'n ddigon gwirion i droi ei gefn arno ar yr un pryd. Dw i'n cofio'i drwnc yn chwipio rownd ei gorff tena ac yn ei ysgubo o dan ei draed fel pluen, a'r ysgithra hir uwch ei ben yn barod i'w bwnio'n ddidrugaredd.'

'Ysgithra?'

'Tysgs. Llithrodd Jim fel 'slywen o dan ei draed, a'r ysgithr yn ei fethu o drwch blewyn ac yn suddo tua troedfedd i'r pridd, nes bod yr anifail yn sownd yn y ddaear am rai eiliada ac am ddigon o amsar i Jim rwygo'n rhydd. "Rhedwch!" gwaeddodd fel dyn o'i go. "Rhedwch am eich bywyd!" Ond y peth dwytha ddyla neb neud yw dangos ofn. Mae eliffant yn synhwyro ofn ac yn ymosod yn syth.'

Gwyrais ar y pridd cynnes wrth ochr fy nhad, a'm calon yn carlamu a balchder yn chwyddo yn fy mrest.

'Doedd o ddim yn hawdd peidio â dangos ofn wrth sefyll o flaen eliffant a allai fy lladd, ond roedd synnwyr cyffredin yn dweud wrthaf na ddylwn droi fy nghefn ato fel wnaeth Jim. Cofiais ddarllan yn rhywla fod eliffantod yn medru cicio'n ôl ac ymlaen ond ddim i'r ochr, a sefais ar y chwith, wrth ei droed flaen. Bu rhywun yn ddigon caredig i luchio belan o wair i'm cyfeiriad. Caredig neu ofn sgandal – *Dyn yn cael ei ladd gan eliffant*,' gwenodd yn chwerw.

'Dechreuodd fwyta fel oen a finna'n sefyll wrth ei ochr, y cynnwrf drosodd. Dwedodd pawb wedyn fod gen i ffordd hefo anifeiliaid, bod hynny'n amlwg.'

Edrychais i'w wyneb a'm llygaid yn llenwi; roedd fy nhad yn arwr.

'Rhyngo chdi a fi mae hyn, cofia,' meddai, gan roi ei fys ar fy ngwefus. 'Paid â deud wrth dy fam.'

Wnes i ddim dweud wrthi am fod ganddi ddigon i boeni amdano'n barod, syniadau mawr fy nhad i fagu stalwyn ar dir lle medrent dyfu rwdins neu datws, a'r drafferth yna hefo Alys Garreg Galch.

Dynes fain, wyneb gwelw oedd Alys Garreg Galch, neu Alys y siop fel roedd pawb yn ei galw. Dipyn o hen drwyn yn ôl Mam; roedd hi'n meddwl nad oedden ni'n medru fforddio prynu jaffa cêcs. Unwaith pan aeth Mam i'r siop i nôl ei neges, a gafael yn y mari bisgets a'r crîm cracyrs oddi ar y silff, gwelodd jaffa cêcs ym masged Nora gwraig y gweinidog, a'u ffansïo.

'Ches i rioed mo'r rheina o'r blaen. Ydyn nhw'n neis?' gofynnodd yn glên.

Nodiodd Nora ei phen yn dawel, ond fe welodd Mam y wên gyfrinachol yn pasio o'r naill i'r llall.

'Nansi bach,' meddai Alys yn sarhaus, 'mae rheina'n gythreulig o ddrud.'

'Mi gymera i ddau baced,' atebodd fy mam, a'i gwefus yn llinell dynn a'i gên yn diflannu i'w gwddw.

'Ac yn *fattening*,' brathodd Alys. 'Mae gen i fisgets siocled wedi'u malu am hannar pris.'

Fedrwn i ddim deall pam na phrynodd Mam y bag papur o fisgedi siocled wedi'u malu a finnau wrth fy modd hefo nhw, a pham aeth ei hwyneb yn goch fel tân wrth iddi grafu yng ngwaelod ei phwrs am bres.

Rwy'n deall rŵan, bron i ddeugain mlynedd yn ddiweddarach.

Alys Garreg Galch gododd dwrw am fod ei busnes wedi mynd i lawr ers i 'nhad barcio'i fan ryw ganllath o'i siop. Doedd hi ddim yn leicio gweld pobl eraill yn gwneud yn dda, meddai Mam. Roedd pawb yn adnabod ei gilydd yn Llwyn Berth yr adeg honno, ddim 'run fath ag y mae hi heddiw, a neb yn gwybod pwy sy'n byw drws nesa iddyn nhw. Ond pa iws oedd hynny yn y diwedd, pan oedd pobl yn gwneud drwg i chi tu ôl i'ch cefn? Yn gwenu yn eich wyneb tra oedden nhw dinistrio'ch ymdrechion i dynnu'ch hun o'r baw.

Cawsant eu brifo gan y cwbl; Alys yn mynnu bod gwerthu ambell frechdan sosej a chan o Coke yn gwneud gwahaniaeth i'w busnes, ac yn mynd â'i chwynion at bwysigion y pentref. Doeddwn i ddim callach yn hogyn saith, bron yn wyth oed erbyn hyn, ond fe glywais yr enw John Lloyd lawer gwaith yn ystod y trafferth hefo Alys Garreg Galch. Heddiw, a finnau'n ddyn, rwy'n deall yn well bwysigrwydd ei swydd fel cynghorydd, a hyd yn oed heddiw mae rhyw ofn yn cronni yn fy nghalon pan glywaf ei enw. Mae o'n fyw o hyd, yn hen ddyn dros ei bedwar ugain, a'i fys yn dal ym mhotes pethau er nad oes ganddo'r un dylanwad.

Fe wnaeth o ddrwg, beth bynnag, wrth gefnogi Alys a'i thebyg, honni bod fan fy nhad yn hagru'r amgylchfyd, yn annog pob math o giaridýms o'r trefydd i'n pentref tlws. Roedd Llwyn Berth yn lot o bethau, ond doedd *tlws* ddim yn un ohonyn nhw yn fy marn i. Am ryw reswm roedd fan fy nhad yn gwneud i'r pentref edrych yn flêr ac yn ddylanwad drwg ar y to ifanc oedd yn codi.

Fan fy nhad oedd ar fai am yr esgidiau coch a wisgodd Llinos, merch Alys Garreg Galch, i angladd ei nain.

A'r lladrad yn y Swyddfa Bost.

A'r ysbwriel yn hel yn y stryd.

A'r hen bobl yn cloi eu drysau yn y dydd.

Roedd fan fy nhad ar fai am lot o bethau yr haf hwnnw.

Cafodd fy mam ei brifo i'r byw. Doedd dim rheswm am y fath atgasedd, meddai hi, a hithau'n gwybod cystal â neb pwy oedd pwy, mewn pentref lle cafodd ei magu. Pobl ddŵad oedden nhw, Alys Garreg Galch a John Lloyd, doedd eu gwreiddiau nhw ddim yn Llwyn Berth fel yr oedd ei rhai hi. Pwy oedden nhw felly i ddweud wrthi hi nad oedd ganddi ddim hawl i drio gwneud bywoliaeth yno, a dim hawl i brynu jaffa cêcs o'u hen siop?

Cof plentyn sydd gen i ohono. John Lloyd yn y drws, yn dal ac yn osgeiddig mewn cot lwyd fel ei wyneb, er bod yr haul yn tywynnu, a'r papur pwysig yn ei law.

Fe gynigiodd Mam baned iddo fo am ei fod yn carthu ei wddw mor drybeilig, ond mi fuasai'n medru'i chicio'i hun am fod cymaint o ffŵl, dyna ddywedodd wrth fy nhad wedyn.

'Mae enw pawb ar y blydi peth,' meddai, gan chwifio'r ddeiseb yn ei wyneb. 'Dangos faint o ffrindia sy gynnon ni yn y twll lle 'ma; mae enw pawb arno fo, hyd yn oed Selwyn fy mrawd, a phawb oedd yn 'rysgol hefo fi, Sandra fy nghyfnither, Elsi, Mair, William, John, Robat, Idris, y gweinidog a'i wraig . . .'

'Be 'ti'n ddisgwl a John Lloyd yn hel enwa; wneith neb dynnu blewyn o drwyn hwnnw, na wneith?'

'A finna'n cynnig panad iddo fo, cymryd y blydi peth o'i law yn llwfr a gofyn iddo fo'n glên os oedd o isio panad.'

Dw i'n cofio'r dagrau'n powlio i lawr ei boch.

'Does 'na neb yn y byd yn gymaint o ffŵl â fi,' meddai.

6

Mae rhai achlysuron yn sefyll yn fy meddwl mor eglur â phetaent wedi digwydd ddoe.

Fy syrcas gynta, troed drom yr eliffant yn fy mreuddwydion, hen fan fy nhad yn sefyll tu allan i'r tŷ . . . *Merfyn's Ices – Merfyn's Snack-bar*, wedi ei ysgrifennu'n falch arni. Llygaid fy nhad yn sgleinio wrth adrodd hanes yr eliffant, yn gwyro ar y pridd, y trap twrch daear yn ei law. A'r stalwyn yn fy ngobeithion, y Brenin Du a allai wneud pob math o driciau. John Lloyd yn y drws, a'r dagrau ar wyneb fy mam, a'r ffraeo rhwng y ddau am rywle o'r enw Fenis, a suddo'i thraed i garped yn lle'r blydi linoliwm oer, a chasáu y dodrefn gwraig weddw a hi ei hun; roedd ei chanol wedi mynd.

Wyddwn i ddim i lle, doedd o ddim yn gwneud synnwyr i mi bryd hynny, dynes yn cwyno fod ei chanol wedi mynd.

A'r bastad bach isio ffwtbol galed 'run fath â George Best, a jaffa cêcs yn lle crîm cracyrs, ac yntau'n sôn am stalwyn oedd yn medru gwneud triciau.

A ninnau mewn twll, er nad oeddwn i'n meddwl fy mod i mewn unrhyw dwll o gwbl.

Twll oedd y düwch ym mol y pydew yng ngardd Elwyn, a thwll oedd lle roddon nhw Nain, a thwll oedd ym môn y clawdd i'r cwningod gysgu, a thwll oedd yn fy naint pan oedd o'n brifo, ond mi oedden ni mewn twll yn ôl Mam.

Dyna sydd yn fy nghof, rhyw luniau'n gweu i'w gilydd, weithiau'n llachar, dro arall yn ddi-liw, staen y gorffennol arnynt, fel staen marwolaeth.

Wnaeth 'nhad ddim gwerthu llawer o frechdanau sosej ar ôl i Alys Garreg Galch recriwtio John Lloyd i wneud ei gwaith budr drosti, ddim fod yna lawer o waith recriwtio. Yn ôl Mam, roedd o a'i debyg wedi bod yn aros am esgus ers lawer dydd i'w tynnu nhw i lawr. Mater o amser oedd y cwbl.

Fyddai 'run o'r syniadau yna wedi gweithio yn Llwyn Berth. Y ffarm gwningod, y busnes madarch, y ceffyl a chert i gario rwdins a thatws a moron roedden nhw wedi eu tyfu eu hunain ar y clwt o dir wrth yr afon . . . eu cario o ddrws i ddrws, o bentref i bentref fel sipsiwn, y syniad diweddara. Fyddai 'run wedi gweithio am fod y llanw yn ein herbyn. Y llanw, pobl Llwyn Berth, ar ein cefnau fel pla o locustiaid. Pa obaith oedd gennym i'n tynnu ein hunain allan o'r twll?

Pa dwll? Yn ôl fy mam roedden ni mewn twll. Os mai dyna oedd twll, roeddwn i'n ddigon hapus i fod ynddo. Yn ddigon hapus i fyw ar freuddwydion fy nhad, i fwyta brechdan jam a chrîm cracyrs, i chwarae bod yn George Best. Roedd y syrcas wedi trwsio fy mam a 'nhad a dim sôn am y ffansi ledi ers blwyddyn. Doedd fy nhraed i ddim yn oer ar y linoliwm, a Fenis yn rhywle dirgel.

'Mae Mam isio mynd,' meddwn wrth yr athrawes ifanc ddel oedd wedi cymryd ataf.

Agorodd y llyfr mawr ar y ddesg; dw i'n cofio'i bys crwn ar y ddalen, y polish pinc ar ei hewin, a'r cysgodion ar y dŵr, y cwch du'n llithro rhwng yr adeiladau tal mor addurnedig ag arch.

Teimlais gryndod i lawr fy nghefn. Pam oedd Mam isio mynd i'r lle yma yn y llyfr oedd yn llawn sibrydion?

'Am ei fod o'n lle hardd, Geraint,' meddai, a gwrid ar ei boch. 'Dyna pam mae dy fam isio mynd yno.'

Doedd dim yn hardd yn y cysgodion ar y dŵr yn fy nhyb i, ac yn fy nghalon gobeithiais na fyddai fy nhad yn hel digon o bres i dalu am wyliau yno; roedd Rhyl yn well, *eni dê*.

Doedd dim rhaid i mi boeni, byddai'r hyn a ddigwyddodd wedyn, pan oeddwn i'n wyth, yn newid popeth, yn sicrhau na welai Mam mo Fenis.

Newidiadau bychain dw i'n eu cofio: neb yn fy nghodi i fynd i'r ysgol yn y bore, finnau'n hwyr, y tost ar y plât wedi llosgi a Dad byth gartre.

Ond doedd hi ddim yn yfed y stwff melyn yna o'r botel, beth bynnag roedden nhw'n ei ddweud, doedd hi ddim wedi cyffwrdd hwnnw ers i ni ddechrau *Merfyn's Ices – Merfyn's Snack-bar*. Ar fy llw doedd hi ddim.

Es i adre o'r ysgol ar ddiwrnod fy mhen-blwydd yn wyth oed, a giang o ffrindiau hefo fi i gael parti. Dw i'n ei gweld hi rŵan yn sefyll wrth ddrws y gegin, y staen sos brown ar ei ffedog a'r golwg syn ar ei hwyneb, wedi anghofio'r cwbl am fy mharti penblwydd. Doedd dim byd ar y bwrdd ond potel lefrith wag a chwpanau hefo te oer yn cronni yn eu gwaelodion.

'Lle mae'r deisan?' gofynnais, rhyw fflam fach o obaith yn fy nghalon. Roedd wedi cuddio'r cwbl yn y pantri, wedi eu gosod ar y llechen oer i gadw'n ffres, rhag i'r brechdanau ham ac eog gyrlio yn y gwres, rhag i'r bisgedi siocled doddi.

Ond wrth i'w cheg fynd yn dynn fel ei dwrn, a'i llais yn brathu'n flin, fe wyddwn a'm calon yn suddo'n is nad oedd teisen na brechdanau ffres gwyn na balŵns, na hetiau papur na dim byd arall ond y llestri budron a'r botel lefrith wag.

Dw i'n cofio'r distawrwydd a'r cywilydd a'r hogiau'n dechrau sibrwd tu ôl i'w dwylo am yr anrhegion. Geraint Ty'n Llwyd heb gadw at y fargen: parti = anrheg, anrheg = parti.

Dw i ddim yn cofio beth ddigwyddodd wedyn, mae'n aneglur. Efallai fy mod wedi cael pres i fynd i'r siop i brynu petha da a Corona. Efallai fy mod wedi dechrau chwarae hefo'r darnau awyren yn y bocs ges i gan Dick, trio rhoi'r cwbl at ei gilydd yn un pisyn cyflawn. Efallai fy mod wedi cicio'r bêl ges i gan Eric, neu drio chwarae'r organ geg ges i gan Elwyn. Dw i ddim yn cofio dim byd go iawn, ond y cywilydd.

Y cywilydd a'r awydd i gael mam fel Miss Roberts, yr athrawes ifanc ddel oedd wedi fy ngwneud yn *milk monitor*, ac wedi gofyn i mi ddarllen y stori ysgrifennais am y syrcas o flaen yr holl ddosbarth am ei bod yn ardderchog.

Miss Roberts ddel roeddwn i isio fel mam, ddim yr un oedd gen i, a symudai fel hwyaden o gwmpas y tŷ yn cwyno bod ei chanol wedi mynd ac yn dal i fwyta *chips*, yn llosgi'r tost ac yn anghofio fy nghodi yn y bore, yn breuddwydio am rywle o'r enw Fenis ac yn anghofio fy mhen-blwydd.

7

Pan safodd ar stepan y drws ryw ddiwrnod, cuddiais tu ôl i'r cwpwrdd. Be oedd Miss Roberts ddel isio yn tŷ ni?

Isio dweud wrth Mam fy mod i'n hwyr i'r ysgol bob dydd ers misoedd. Oedd rhywbeth yn bod? Geraint yn mynd i'w wely'n rhy hwyr, efallai, a methu codi yn y bore?

Safodd mewn ffrog biws a choler wen, gan edrych arnaf. Gwingais o dan archwiliad ei llygaid craff; doeddwn i ddim yn gwybod mai pryder oedd yn fflachio ynddynt, a thosturi. Roeddwn i'n rhy ddiniwed i sylweddoli pwysigrwydd ei hymweliad y diwrnod hwnnw.

'Mae Geraint yn hogyn peniog,' meddai yn ei llais dwrdio, 'yn hogyn siarp, un o'r goreuon yn y dosbarth am ysgrifennu stori.'

Yna rhyw chwerthiniad bach nerfus.

'Dwn i ddim oeddech chi wedi sylweddoli, Mrs Tomos, ond mi eith yn bell os ceith o'r cyfle . . . cyrraedd yr ysgol mewn pryd yn y bore, cael digon o gwsg, ei annog i ddarllen mwy gartref.' Edrychodd o'i chwmpas yn ddisgwylgar.

Gwingais eto gan wybod nad oedd 'run llyfr yn y tŷ, heblaw am y *Beanos* roeddwn i'n eu cael ar ôl Elwyn, tua mis yn hwyr, a'r marmalêd wedi sychu arnyn nhw.

'Mi fyddai o fudd i Geraint fynd i'r llyfrgell,'

pwysleisiodd. 'Mae plentyn sydd â meddwl mor fyw ag angen anogaeth i ddatblygu.'

Symudodd ataf, gan roi ei braich o amgylch f'ysgwydd fel fy mod yn arogli'r persawr ar ei chroen a'i dillad, ac yn siŵr wrth edrych i'w hwyneb tirion y funud honno fy mod yn ei charu.

'Gymerwch chi banad?' gofynnodd fy mam.

A llygaid Miss Roberts yn crwydro o amgylch y gegin flêr, yn sylwi ar y llestri budron heb eu golchi ers dyddiau, y twll yng ngwadn fy esgid a'r golwg llwglyd ar fy wyneb.

'Peth arall,' meddai'n dawel. 'Roedd Geraint yn cwyno'r diwrnod o'r blaen ei fod o'n methu gweld y bwrdd du, ella ei fod o angen sbectol . . .'

Nodiodd fy mam, doedd hi ddim wedi sylwi, meddai, gan ymateb i'w cherydd, ei thafod yn araf ac yn dew yn ei cheg. Roedden nhw wedi bod mor brysur yn ddiweddar, yn trio codi busnes *fruit and veg*, yr hwch wedi mynd trwy'r siop hefo'r fan, a hwythau ar eu colled, diolch i rai o bobl y pentref . . .

Edrychodd Miss Roberts yn anghysurus; doedd hi ddim wedi dŵad yma i drafod pethau felly.

''Dan ni'n mynd i ga'l stalwyn,' brysiais i'w ddweud, rhag i'r athrawes ifanc ddel sylwi ar y botel bron yn wag wrth droed y cwpwrdd. Ai dyna pam roedd tafod fy mam yn dew eto fel o'r blaen? Oedd hi wedi dechrau yfed y stwff melyn o'r botel, y *wisgi uffar* yr oedd Dad yn ei dywallt i lawr y toiled am ei fod yn wenwyn?

Gwenwyn roedden nhw'n ei roi ar soser yn y beudy yn tŷ Nain i ladd llygod mawr; gwenwyn oedd yr aeron fel mwclis coch ar y coed; gwenwyn i ni, ond nid i'r adar.

'Be ti'n mynd i'w alw fo?' gofynnodd.

'Y Brenin Du,' meddwn.

'Fel y Brenin Du yn y stori?'

'Ia.'

Gwenodd arnaf yn falch.

'Gormod o drwyn i gymryd panad,' meddai fy mam yn biwis, gan gau'r drws yn glep ar ei hôl a'i phersawr yn aros. 'Pam na fuaset ti wedi deud wrtha i dy fod ti'n ca'l traffarth i weld y blacbord? Mi wnaeth yr hulpan bach i mi deimlo fel hyn.' Gwnaeth siâp hefo blaen ei bawd.

Wnes i ddim gofyn iddi beth roedd *fel hyn* yn ei feddwl, a sut roedd rhywun yn medru teimlo fel blaen bawd; doeddwn i ddim yn deall mwy, na llai, na phlentyn arall o'm hoed.

Dywedodd fy nhad nad oedd dim achos rhoi gormod o le iddyn nhw, athrawon a phobl oedd yn leicio clywed eu llais eu hunain, *troublemakers*.

Doeddwn i ddim yn leicio'i glywed yn galw Miss Roberts yn *troublemaker*; dw i'n cofio fy nhymer yn codi, y dymer wyllt honno ddaeth o lle'n byd yn ystod yr un cyfnod, ac a aeth â fi i drwbl droeon wedyn.

'Blydi busnesu,' grwgnachodd, nes bod fy wyneb yn goch fel tân.

'Fi sy'n hwyr i'r ysgol bob bora!' gwaeddais. 'Dyna pam ddaeth hi yma!'

'Esgus i fusnesu,' meddai eto.

'Dim byd ond ei frolio,' ymunodd Mam. 'Deud ei fod o fel hyn a fel arall, dyfodol o'i flaen.'

'Wnes i sgwennu stori am y syrcas.'

Ni fedrwn f'atal fy hun rhag dweud, dweud pa mor ardderchog oeddwn i yn ôl Miss Roberts.

'Ei di ddim yn bell ar hwnnw,' atebodd fy nhad yn bendant.

Teimlais y dagrau'n pigo yn fy llygaid. Roedd Parri'r Prifathro wedi fy nghanmol, a phawb wedi dŵad i wrando arna i'n ei darllen, hyd yn oed Anti Hilda ac Anti Mari'r merched cinio, dywedais.

Gwelais y tristwch sydyn ar wyneb fy mam.

'Mi eith yn bellach na ni,' meddai.

Roeddwn yn falch ohoni am hyn; fe aeth y geiriau'n syth i'm calon.

Yn ddiweddarach yn y dydd, a 'nhad wedi mynd i blannu mwy o datws, er bod y barrug heb doddi eto ar y tir, dywedodd Mam wrtha i fod ganddi hithau freuddwydion unwaith.

'Cyn i mi fynd yn dew,' meddai.

Roeddwn i wedi gweld lluniau ohoni ar ddydd ei phriodas, yn ifanc ac yn ddel mewn ffrog flodeuog syml, tusw o flodau yn ei llaw, a chwydd yn ei bol lle roeddwn i'n tyfu.

'Gorfod priodi,' meddai'n chwerw.

'Doedda chdi ddim isio priodi Dad, felly?' gofynnais, a thristwch yn mygu fy llais.

Cododd, ac edrych arni ei hun yn y drych. Dw i'n ei chlywed hi'n awr, ei llais yn dew gan edifeirwch.

'Sbia arna i,' meddai, a'i llygaid yn fotymau dwl yng nghnawd ei hwyneb, 'yn fwy fel chwe deg na thri deg, myn uffar i!'

'Be fuasa chdi wedi ei wneud, felly?' mynnais gael gwybod. 'Be fuasa chdi wedi ei wneud os fuasa chdi ddim wedi priodi Dad?' Ac un peth pwysig ar fy meddwl, fyddwn i ddim mewn bod.

'Fuaswn i ddim wedi aros yn y twll lle yma i ddechra,' meddai.

Llwyn Berth oedd y twll, felly, nid y pydew yng ngardd Elwyn; un twll mawr oedd Llwyn Berth yn ôl Mam.

'Lle fuasa chdi wedi mynd?' gofynnais ac ofn yn fy nghalon. Llwyn Berth oedd tŷ ni, a'r iard gefn, a'r siop a'r ysgol a'r capel a'r gors a'r môr.

'Ges i gynnig,' meddai, a'i llygaid yn freuddwydiol fel yr aent weithiau pan oedd yn sôn am y lle rhyfedd yna yn y llyfr. 'Gan Wyddel oedd yn gweithio hefo Taid yn yr iard goed.'

'Be 'di Gwyddel?'

'Rhywun o Iwerddon, gwlad arall dros y môr . . . gwallt melyn fel aur a llygaid glas . . .'

'Cynnig ei briodi?'

'Cynnig canu ar fwrdd ei long.'

43

'Oedd gynno fo long?'

'Nac oedd, ond roedd o wedi bod yn gweithio ar un unwaith, ac yn nabod y bobl iawn . . . Fedra i ganu, 'sti,' meddai, gan droi ataf a fflach o olau'n tanio'i llygaid, a'r ddynes ifanc yn y llun yn ymddangos o fy mlaen. 'Mae gen i lais fel y môr,' sibrydodd, 'ond does neb yn gwbod.'

Dyna oedd *o* wedi ei ddweud wrthi beth bynnag, y dyn fyddai wedi dwyn Mam oddi arnom am fod ganddi lais fel y môr.

'Fedrwch chi ganu yn y capal,' meddwn i, 'fel Nain.'

Ond roedd Nain wedi mynd i'r twll du yn y fynwent a ddim yn medru canu mwyach, a Mam mewn twll arall.

'Fuasen nhw ddim ond sbio'n hurt arna i,' meddai. 'Dydyn nhw ddim yn gwbod be 'di canu yng nghapal Salem, canu o'r galon, dim ond rhyw fwmian tu ôl i'w llyfra emyna a phesychu bob yn ail. Fuasen nhw'n gweld bai arna i am ganu, am ymarfar fy llais, am ddangos fy hun, am dorri ar y distawrwydd sanctaidd â'm môr o lais, llais roddodd Duw i mi.'

Dyna sut roedd hi yr haf hwnnw, yn bendant bod pawb a phopeth yn ei herbyn. I ryw raddau roedd yr hyn ddigwyddodd wedyn yn profi ei bod hi'n iawn; nid dychymyg oedd o, nid rhywbeth yn bodoli yn ei phen cymysglyd ei hun.

Byddai popeth yn iawn unwaith y byddai'r llanw wedi troi, meddai 'nhad, ond erbyn hynny roedd hi'n rhy hwyr.

8

Chawson nhw ddim digon o bres am y fan i brynu stalwyn wedi'r cwbl, a thyfodd y tatws a'r moron a'r rwdins ddim ar y tir gwael wrth yr afon. Ac yn ôl fy nhad doeddech chi'n cael dim byd am ddim; er bod Bob Ffridd yn ymddangos yn ffeind yn rhoi darn o dir iddyn nhw, doedd o'n dda i ddim ond i'r geifr bori.

Felly aeth fy nhad i labro i Maes Glas ac anghofio'i syniadau mawr.

A finnau, wel mi es i i'r ysgol fel pob diwrnod o'r blaen, ond doedd pethau ddim 'run fath ag oedden nhw.

Efallai mai'r fflam o obaith, oedd wedi tyfu yn ein meddyliau hefo'r Brenin Du, oedd wedi diffodd. Efallai mai'r llif oedd yn ein herbyn, y llif a oedd yn gorfod dilyn ei gwrs anochel ei hun beth bynnag a wnawn.

Doedd fy mam ddim hefo ni; roedd hi hefo ni'n gorfforol ond nid mewn unrhyw ffordd arall. Prin fyddai hi'n sylwi pan oeddwn i'n cicio 'mhêl yn y tŷ, ac unwaith fe anelais gic berffaith heibio i'r cwpwrdd gwydr nes bod y llestri'n ysgwyd, ac roeddwn i'n siŵr y byddai'n colli ei thymer ac yn gweiddi, fy ngalw i'n fastad bach fel o'r blaen, ond wnaeth hi ddim. Prin roedd hi'n sylwi arnaf pan oeddwn i'n sefyll o flaen ei thrwyn. Robot, nid mam, yn symud o un dasg i'r nesa, peirianwaith o fam, a'r fflam yn ei llygaid, fel ei breuddwydion, wedi diffodd.

Doedd fy nhad ddim llawer gwell, yn cyrraedd adre'n hwyr y nos, y pridd ar ei ddwylo.

'Lladd fy hun,' cwynodd, 'slafio i Jac Maes Glas am geiniog a dima. Mae gen i ffordd hefo anifeiliaid; dw i'n haeddu gwell na hyn.'

'Be ti'n feddwl?' gofynnodd fy mam.

Dw i'n cofio fy nhad yn mynd yn ddistaw, yn sbio ar ei draed.

'Ti ddim yn dal i freuddwydio am y blydi eliffant 'na?' meddai wrtho.

'Pa bryd mae'r syrcas yn dŵad eto?' gofynnais, mewn ymgais i stopio ffrae; doedd 'run diwrnod yn mynd heibio pan nad oeddent yn harthio ar y naill neu'r llall am rywbeth neu'i gilydd.

'Ti 'di llenwi pen yr hogyn 'ma hefo pob math o sothach; gneud dy hun yn *hero*.'

'Well na rwdlian am longa a chanu,' brathodd yntau.

'Biti fy mod i wedi cymryd fy hudo gynno chdi, dyna'r cwbl fedra i ddeud.'

'Lle fuasa ti 'blaw fi, felly?'

'Ddim yn y twll lle yma i ddechra.'

'Dos, 'ta, mae'r drws yn agorad, does 'na neb yn stopio chdi.'

'Dos di, y bastad . . . dw i wedi rhoi fy mywyd i ti, fuaswn i wedi medru mynd yn bell, roedd gen i ddyfodol, llais . . .'

Piffian chwerthin sarhaus fy nhad yn ei gwallgofi, yn gwneud iddi daro'r bwrdd â'i dwrn nes bod y llestri'n llithro i'r llawr.

'Sbia be ti 'di neud i mi neud. Lle ga i bres i brynu rhai eraill, a heb garpad ar y llofftydd byth? Lle?'

gwaeddodd yn ei wyneb, nes bod gwythïen las fel afon yn pwnio ar ei thalcen.

'Pam na wnest ti ddim mynd hefo fo, i chwara ffaldirál ar ryw hen longa, actio'n *cheap*, os dyna be oeddet ti isio?'

'Ac mae hyn yn well, mae'n siŵr?' atebodd. 'Rhygnu 'mlaen o ddydd i ddydd, codi yn y bora, gneud bwyd, llnau'r tŷ, gneud bwyd eto, pawb yn sbio i lawr eu trwyna arna i, gneud drwg tu ôl i 'nghefn, a finna wedi fy magu yma.'

'Ddim fy mai i ydy hynny.'

'Bai pwy arall?' meddai, gan droi oddi wrtho'n ddiflas. 'Fy hudo hefo dy syniada mawr.'

'Gei di freuddwydio, ond cha i ddim.'

'Pwy sy'n breuddwydio?'

'Dyna'r cwbl ti'n neud, breuddwydio a chwyno ac yfad wisgi nes dy fod ti'n methu sefyll.'

'A be ti'n neud, yn trio un syniad mawr ar ôl y llall?'

'Mae'n well na pheidio trio o gwbl.'

Ymlaen ac ymlaen, yn rhygnu ar ei gilydd, a finnau yn y canol rhwng y ddau.

Fedrwn i ddim dioddef aros yno. Pan oedd y ffraeo'n mynd yn ormod, a'r waliau'n cau amdanaf, byddwn yn llithro allan o'r tŷ fel lleidr yn y nos, a'u lleisiau'n fy nilyn, a chymaint o gasineb yn eu geiriau chwerw. A finnau'n meddwl, yn hogyn wyth oed, bod fy mam a fy nhad yn casáu ei gilydd, ac nad oedd dim byd y medrwn i ei wneud i'w trwsio.

Doedd y nyrs ysgol ddim yn meddwl fy mod i'n cael digon o fwyd, dyna ddywedodd hi, ac mi oedd gen i lond fy mhen o lau, a chysgodion o dan fy llygaid, a oedd yn dangos nad oeddwn i'n cael digon o gwsg.

Roedd pawb yn sbio arna i, y nyrs yn pwnio'i bys main i'm 'senna, dweud y buasech chi'n medru chwarae tiwn arnyn nhw, gwenu. Doeddwn i ddim yn deall y jôc. Sut fedrai neb chwarae tiwn ar fy 'senna?

Roeddwn i ofn rhoi'r llythyr i Mam, gosod yr amlen bwysig-yr-olwg yn ei llaw.

'Be 'di hwn eto?' meddai'n flin. 'Isio mwy o bres am rywbath, mae'n siŵr. Maen nhw'n barod iawn i ofyn am bres, ddim mor barod i roi gwadd i mi i'w *social evenings* nhw, ddim yn ddigon da i hynny, rhywun fel fi.'

Doeddwn i ddim yn gwybod pam roedd hi'n meddwl ei bod hi'n dewach ac yn hyllach ac yn salach na phawb arall. Weithiau mi oeddwn i isio mam fel Miss Roberts ond dim o ddifri, o ddifri hi roeddwn i isio, am fy mod i'n ei charu fel yr oedd. Ond wnes i erioed ddweud wrthi, doeddwn i ddim yn gwybod sut yr adeg hynny. Doedd neb yn sôn am gariad yn tŷ ni.

Hen gnawes fusneslyd oedd y nyrs, yn ôl Mam, yn awgrymu ei bod yn esgeuluso ei phlentyn.

Doeddwn i ddim yn gwybod be oedd y gair mawr hwnnw'n ei feddwl. Ond fe wyddwn ei fod o'n rhywbeth drwg, rhywbeth a wnaeth i Mam eistedd wrth fwrdd y gegin, rhoi ei phen yn ei breichiau a chrio.

Pan ddaeth 'nhad adref, roedd hi'n dal i eistedd yno, a finnau'n gwneud brechdan jam i mi fy hun wrth gongl y bwrdd. Dw i'n cofio'i law ar ei gwar, yn llithro drwy'i gwallt llipa, ei lais meddal yn dweud wrthi am beidio malio am yr hen hulpan wirion o nyrs.

'Dw i'n dda i ddim,' meddai, drosodd a throsodd. 'Maen nhw'n iawn, dw i'n dda i ddim i neb.'

Be ydych chi'n ei wneud hefo mam sydd wedi mynd i gredu bod y byd yn ei herbyn? Dychymyg neu beidio, roedd y boen yn un fyw iddi hi. Doedd fy nhad ddim yn gwybod. Fe welais yr ofn yn ei wyneb: roeddwn i'n gwybod be oedd hwnnw, ofn pry cop ar wynebau'r genod yn yr ysgol, ofn y neidr blastig. Ofn yn fy nghalon fy hun yn nhywyllwch y nos, ofn y droed drom yn gwasgu fy mhenglog yn deilchion. Ofn y twll du, lle bynnag yr oedd, ofn boddi. Ofn disgyn i lawr clogwyn, ofn cael fy nharo gan gar, ofn dyn du, ofn hoelen drwy fy llaw fel Iesu Grist ar y groes. Ofn yr ysbryd yn Tŷ Coch. Ofn i Nain godi o'i harch a fy nwrdio am daflu ei sgidiau i'r môr.

'Pam wnest ti daflu sgidia Nain i'r môr?' gofynnodd fy mam yn flin.

Finnau'n methu ateb, yr euogrwydd yn fy nhagu, methu ffeindio'r geiriau i ddweud pam.

Am fod yr hen bâr o sgidiau duon, a'u sodlau wedi gwisgo, yn fy atgoffa ohoni hi bob tro yr oeddwn i'n eu gweld nhw yn y cwpwrdd o dan y grisiau. Dyna pam.

9

Roeddwn i'n flin hefo'r nyrs am wneud i Mam grio, a dyna pam wnes i wylltio. Roeddwn i wedi mynd i wylltio ar ddim.

Pan ofynnodd i mi'r diwrnod wedyn a oedd fy mam wedi cael y llythyr, dywedais ei bod. Dywedais hefyd nad oedd fy mam ddim yn ddrwg nac yn dda i ddim i neb.

'Fy ngwas bach i, pwy sy'n deud peth felly?' meddai'n siwgr i gyd.

'Chi yn y blydi llythyr!' gwaeddais, gan roddi clep i gaead fy nesg nes i ddistawrwydd llethol ddisgyn dros yr holl ddosbarth, a phawb yn troi i edrych arnaf. 'Chi sy'n gnawas fusneslyd, medda Mam. Chi wnaeth iddi grio!'

Aethpwyd â fi o flaen Parri'r Prifathro. Dywedodd hwnnw ei fod yn deall fy mod yn cael trafferth i reoli fy nhymer y dyddiau hyn, a holi beth oedd yn bod, oedd rhywbeth yn fy mhoeni?

Atebais nad oedd dim yn fy mhoeni ond fy mam yn crio.

'Crio, 'ngwas i, pam felly?'

Mwy o siwgr.

'Am fod y nyrs yn meddwl ei bod hi'n dda i ddim.'

'Twt, twt, pwy ddywedodd beth fel'na?'

'Hi yn ei llythyr.'

Aeth Parri'n ddistaw, gan grafu ei wddw'n swnllyd. Doeddwn i ddim yn meddwl fy mod i'n leicio'i wefus tyn a'i lygaid oer fel llygaid y llew yn y syrcas.

Dw i'n cofio'i eiriau hyd heddiw.

'Eich mam sy'n gorliwio pethau,' meddai'n sych. 'Wedi pechu,' crafodd ei wddw eto, 'ond roedd rhaid i mi dynnu ei sylw at y llau pen . . . a phethau eraill . . . does dim eisiau iddi gymryd y peth i'w chalon . . . doedd y nyrs yn meddwl dim wrth ddweud . . . digon o fwyd maethlon dyna i gyd sydd angen, a digon o gwsg . . .'

Dywedais wrth Mam fod Parri'r Prifathro wedi dweud nad oedd hi ddim i fod i gymryd dim byd i'w chalon, a digon o fwyd oeddwn i ei angen a digon o gwsg.

Aeth yn ddistaw. Doeddwn i ddim yn leicio'r distawrwydd yna, roedd o'n codi ofn arna i. Rhoddais y teledu ymlaen, gwylio rhywbeth dibwys gyda'r sŵn yn uwch nag arfer, troi fy nghefn arni. Ond roeddwn i'n ymwybodol ohoni 'run fath, o'r distawrwydd trwm oedd wedi ei meddiannu.

Es i allan wedyn, rhoi clep ar y drws, cerdded heibio'r ffenest yn wyllt, sbio arni; roedd hi'n dal i eistedd yn ei hunfan, ddim fel petai'n fy ngweld nac wedi clywed y glep ar y drws.

Doeddwn i ddim isio i'r distawrwydd fy nilyn, yr olwg bell yn ei llygaid dwl. Wyth oed oeddwn i, yn rhy ifanc i wneud llawer o ddrygioni, ond y diwrnod hwnnw dechreuodd pethau fynd o chwith.

Y diwrnod hwnnw gwthiais y cwch allan. Roedd

Elwyn, Eric, Dick a finnau wedi bod yn bygwth gwneud ers tro, ond doedd gynnon ni ddim digon o blwc. Beth pe bydden ni'n cael ein dal? Doedden ni ddim yn gwybod pwy oedd piau'r hen gwch pysgota; roedd o wedi bod yn hercian ar wyneb y môr ers i mi gofio, ei waelod yn llawn gwymon a malwod.

'Wast ar gwch,' meddai Elwyn. 'Dydy pwy bynnag sy pia fo ddim yn haeddu ca'l cwch, ei adal yn fan'ma i bydru.'

'Daffod y rhaff,' anogodd Dick, 'gadal iddo fynd.'

'Gawn ni'n dal,' meddwn innau.

Ond heddiw doeddwn i'n malio dim am gael fy nal, roedd heddiw'n wahanol i'r dyddiau eraill, a distawrwydd fy mam yn fy nilyn fel cysgod.

Sefais ar fy mhen fy hun yn edrych allan i'r môr didrugaredd.

Roeddwn i'n hoffi'r gair yna.

Didrugaredd ydy'r môr, ysgrifennais.

'Da iawn, Geraint!' meddai Miss Roberts ddel, nes fy mod yn chwyddo'n falch.

Didrugaredd oeddwn innau'r diwrnod hwnnw, isio gwneud rhywbeth i frifo rhywun am eu bod nhw wedi brifo fy mam.

Teimlais bwysau'r rhaff dew rhwng fy mysedd, a'r ias o bleser yn crwydro fy nghefn. Doedd neb wrth ymyl, neb ond dau ddyn yn gwyro yn y pellter, yn hel rhywbeth i fwced. Doedd o ddim yn anodd datod y cwlwm a oedd wedi llacio hefo'r tywydd. Llithrodd y rhaff fel neidr ar y cerrig, disgwyliais a'm calon yn curo a chwys yn pigo fy ngwar. Roedd un o'r dynion yn sythu, yn sbio i'm cyfeiriad. Rhewais, yn siŵr ei fod wedi fy ngweld, wedi gweld fy nwylo yn datod y rhaff, gweld y cwch yn symud yn araf ac yn bendant i ganol y môr. Gwyrodd eto, troi at ei fwced, a dweud rhywbeth wrth ei bartner. Cododd hwnnw'i ben am eiliad a sbio i'm cyfeiriad. Dawnsiodd y cwch ar y tonnau wrth symud i'r dŵr dwfn, y cwch oedd wedi sefyll yn yr un man ers oesoedd, y cwch oedd yn perthyn i rywun.

Teimlais don o euogrwydd. Pa hawl oedd gen i i wthio cwch rhywun i'r dŵr? Ond pe byddwn yn dweud fod gen i gywilydd, byddwn yn dweud celwydd, a cherddodd cryndod o bleser drwy fy nghorff wrth weld y cwch yn llithro ymhellach o'r lan, yn araf ac yn rhydd ac yn unig i ganol y môr.

Gwyddwn fod y dynion wedi fy ngweld; roedd y ddau'n edrych arnaf nawr. Teimlais ofn yn codi gwallt fy mhen; ofn cael fy nal, ofn cael fy rhoi yn yr ysgol i blant drwg lle roedden nhw wedi rhoi Tony. Dw i'n cofio'r llais yn fy mhen yn dweud wrthyf am redeg, a'm coesau'n gwrthod mynd, yn aros yn yr unfan fel plwm.

Roedd fy llygaid ar y cwch, wedi eu mesmereiddio gan ei symudiad araf at y gorwel.

Trodd y dynion yn ôl at eu gwaith; tybiais fy mod wedi bod yn lwcus y tro hwn. Cariwyd y cwch bach ymhell bell oddi wrthyf gan freichiau'r tonnau. Fi oedd brenin y môr, fi oedd wedi gwneud iddo symud fel'na tuag at y gorwel. Chwyddodd y balchder ynof fel cyffur. Fi, y bastad bach Geraint, mab Nansi a Merfyn Ty'n Llwyd, Llwyn Berth, Cymru.

Y bore wedyn, a finnau heb wisgo, daeth cnoc ar y drws. Sefais yn fy mhyjamas ar ganol y grisiau yn sbio ar y plisman yn byseddu ei helmed yn ei ddwylo mawr, yn gwyro yn ffrâm y drws fel Doctor Prys a dynion tal eraill.

'Geraint Tomos?'

Nodiais, fy mhenliniau'n troi'n jeli.

'Oeddet ti wrth Traeth Gwyllt pnawn ddoe?'

Nodiais eto, y meddyliau'n gwibio yn fy mhen, fi a Tony, Tony a fi yn *borstal*, yr hogyn brwnt oedd yn dyrnu plant am ddim byd, dwyn o siop Alys Garreg Galch, dwyn car a'i rasio i'r fynwent, malu'r blodau ar y beddau, fi a Tony.

'Sori,' meddwn, a'r dagrau ar fy moch yn barod, 'wneith Dad dalu.'

'Dad talu be?' harthiodd fy mam. 'Be ti 'di neud rŵan, y bastad bach, d'wad wrtha i.' Peltan.

'Hidiwch befo, Mrs Tomos, gadewch o i mi.'

Llithrais o afael fy mam i afael y plisman.

'Pam wnest ti wthio'r cwch i'r môr, Geraint?'

Doedd gen i ddim ateb, roeddwn i'n disgwyl i'r plisman roi'r *handcuffs* arna i a mynd â fi at Tony.

'Does 'na neb isio fo,' meddwn yn y diwedd. 'Does 'na neb isio'r cwch, mae o'n sownd yn yr un lle ers lot, dydy'r dyn sy pia fo ddim yn haeddu ca'l cwch, ac Elwyn ac Eric a Dick a fi isio un ond ddim hefo digon o bres. Dydy o byth yn mynd i bysgota ynddo fo; mae o'n gadal iddo ddifetha yn fan'na, 'run fath ag y mae Gwyn Ty'n Rhos yn gadal i'w feic ddifetha yn y glaw, am ei fod o'n ca'l gormod.'

Dw i'n cofio'r distawrwydd, a wyneb y plisman, y llinellau fel afonydd ar ei dalcen, a'r golau yn ei lygaid.

'Dydy hynny ddim yn esgus i wneud be wnest ti, Geraint,' meddai. 'Does gen ti ddim hawl cyffwrdd ag eiddo pobl eraill. Wyt ti'n difaru?'

Dywedais fy mod, er bod y pleser yn dal i chwyddo yn fy nghalon pan oeddwn i'n meddwl am y cwch yn symud yn araf o'r lan. Ond doeddwn i ddim isio fy rhoi mewn *handcuffs* a'm gyrru at Tony.

Wnes i ddim dweud wrtho chwaith fy mod i isio gwneud i rywbeth ddigwydd y diwrnod hwnnw, rhywbeth fyddwn i'n ei gofio am byth. Wnes i ddim dweud wrtho am ddistawrwydd fy mam a'r trwbl hefo'r nyrs. Dim ond dweud wrtho'n ufudd na fyddwn i byth yn gwneud dim byd fel yna eto, byth yn fy mywyd.

10

Gweld bai ar Mam wnaethon nhw am yr helynt hefo'r cwch. Doedd ryfedd fy mod i'n mynd i drybini, meddan nhw, a hithau yn y fath stad.

'Mae pawb yn fy erbyn i yn y twll lle 'ma,' meddai, a'r dagrau yn ei llygaid.

Pawb oedd: Alys Garreg Galch, John Lloyd a'i debyg, Selwyn ei brawd, pawb oedd yn 'rysgol hefo hi, Sandra ei chyfnither, Elsi, Mair, William, John, Robat, Idris, y gweinidog a'i wraig, a phobl barchus eraill, y nyrs, Miss Roberts ddel, Parri'r Prifathro, y Plisman, Doctor Prys a phawb a arwyddodd y ddeiseb, a Megan Tŷ Pen.

Megan Tŷ Pen berswadiodd 'nhad i alw am y doctor. Fuaswn i ddim yn galw ista yn ei hunfan yn syllu drwy'r ffenest bob dydd yn sâl. Ond dyna ddywedodd Doctor Prys wrth fy nhad pan ddaeth o i weld fy mam; sâl oedd hi, medda fo.

'A gormod o hwn,' ychwanegodd, wrth gogio llowcio rhywbeth o botel.

Roedd fy mam wedi cynhyrfu pan welodd hi o yn y drws, yn dal ac yn fonheddig hefo'i fag doctor yn ei law.

'Does 'na neb wedi galw amdanoch chi,' meddai. A dw i'n cofio'i llais yn crynu. ''Dach chi wedi dŵad i'r tŷ rong.'

Gwthiodd heibio iddi'n bendant, a'i law feddal, wen fel lili, ar ei hysgwydd.

'Clywed wnes i, Nansi fach, nad ydych chi ddim wedi bod yn *hundred percent* yn ddiweddar.'

Doeddwn i ddim yn dda iawn am wneud syms ond fe wyddwn fod *hundred percent* yn rhywbeth perffaith, cyflawn. Pam roedd Doctor Prys yn dweud wrth fy mam nad oedd hi ddim yn gyflawn a hithau'n gwybod hynny'n barod yn well na neb?

Symudodd drwy'r tŷ fel corwynt gan adael ei genadwri ar fwrdd y gegin, y papur â'r sgwennu blêr yn mynnu bod fy mam yn cymryd tabledi dair gwaith y dydd i sadio'i nerfau.

Doeddwn i ddim yn gwybod be oedd rheini yn iawn, ond rhywbeth tu mewn i mi a wnâi i'm llais grynu pan oeddwn i'n dweud adnod yn y capel, a wnâi i mi godi drwy fy hun a breuddwydio am y syrcas, a wnâi i mi biso yn fy nhrowsus. A dewin oedd y doctor fel Togora, hefo pob math o driciau yn ei fag.

Sefais ar y grisiau yn gwrando ar lais fy nhad a llais y doctor bob yn ail, yn isel ac yn gyfrinachol fel llais y bobl yn y capel cyn i'r bregeth ddechrau. Gair rŵan ac yn y man yn ddigon uchel i mi ei ddal: nerfau, salwch meddwl, iselder, alcoholic.

'Be 'di alcoholic?'

'Rhywun sy'n leicio diod lot.'

'Y ddiod yna yn y botal mae Mam yn yfad, y wisgi uffar?'

'Ia.'

'Be mae o'n neud i chi?'

'Gneud chdi'n wirion, yn feddw, yn malio dim yn neb . . .'

'Ac ogla drwg ar eich gwynt chi.'

'Ia, a gneud i chdi ddisgyn.'

'A torri'ch bys hefo'r gyllall fara, ac anghofio bod hi'n fora, ac anghofio fy mhen-blwydd.'

'Anghofio pa amsar o'r dydd ydy hi.'

'Anghofio 'mod i isio sana glân.'

Cachgi oedd fy nhad am alw am y doctor tu ôl i'w chefn, meddai Mam, gwrando ar Megan Tŷ Pen o bawb, be oedd honno'n ei wybod a'i thŷ hi'n llawn chwain?

Doedd hi ddim yn sâl, a dim byd o'i le arni na fuasai ychydig o filoedd yn y banc ddim yn ei drwsio.

Roedd Mam wedi torri a doedd gen i ddim miloedd yn y banc i'w thrwsio. Pres oedd y drwg, felly, meddyliais yn sobr, pres oedd wrth wraidd y cwbl. Pres i gael carped ar y llofftydd yn lle'r linoliwm oer, pres i gael jaffa cêcs yn lle mari bisgets a chrîm cracyrs, a bisgedi siocled wedi'u malu, pres i weld Fenis yn lle Rhyl.

Ond doedden ni ddim mor dlawd â'r plant bach du ar y blwch cenhadaeth, y bocs pren ar y silff ben tân, yr oeddwn i'n rhoi ceiniog ynddo fo weithiau. Doedden ni ddim mor dlawd â nhw.

'Be ydan ni, felly?' gofynnais. 'Os dydan ni ddim yn gyfoethog, a ddim yn dlawd fel nhw?'

'Ar ein gora,' meddai Mam, beth bynnag oedd hynny'n ei feddwl.

'Mae dy fam di'n dwlali!' gwaeddodd Gwyn Ty'n Rhos ar draws yr iard, nes bod pawb yn stopio chwarae ac yn troi i sbio arna i.

Tynnodd y bybl-gym pinc o'i geg a'i osod yn belen tu ôl i'w glust.

'Mae pawb yn deud.'

Doeddwn i ddim yn gwybod pwy oedd *pawb*. Chwythais swigen binc fy hun, a chwydodd yn groen sticlyd ar fy ngwefus.

Cerddodd tuag ataf yn llanc i gyd.

'Hi wnaeth dorri dy wallt di, 'te?'

Roeddwn i'n dal i drio llyfu gweddillion y bybl-gym oddi ar fy ngheg.

'Mae o'n gam i gyd,' meddai, a gwên faleisus ar ei wyneb.

''Sa'n well 'sa hi wedi siafio fo i gyd i ffwrdd fel *convict*,' meddai Cochyn, 'rhag i'r llau 'na sbredio.'

''Sgin i'm llau,' meddwn yn flin.

Roedd y nyrs wedi dweud celwydd am y llau, yn ôl Mam. Er iddi fynd drwy fy ngwallt hefo crib mân, nes bod croen fy mhen yn llosgi, welodd hi 'run pry.

'Oes, mae gynno chdi.'

'Nac oes, 'sgin i ddim.'

'Oes, y shinach bach drewllyd, mi ddwedodd y nyrs.'

Roedd llygaid Cochyn yn culhau fel llygaid sarff, a'r brychni ar ei drwyn fel y brychni ar drwyn y llew. O'm cwmpas roedd sŵn traed a sgrechian plant eraill yn cael hwyl. Sefais yn y cylch bychan milain rhwng

y ddau, cylch tywyll. Wnes i erioed leicio Gwyn Ty'n
Rhos hefo'i groen gwyn babi a'i feic newydd, na
Cochyn hefo'i drwyn ar lawr fel hen gi'n chwilio am
drwbl.

'Pam wnaeth dy dad werthu'r fan?' gofynnodd yn
gwerylgar.

Codais fy ysgwyddau'n ddihitio.

'Doedd gynno fo ddim hawl, nac oedd, i werthu
petha. Wnaethon nhw 'i stopio fo,' meddai Gwyn yn
bwysig.

'Brechdana cachu oedd o'n gwerthu, dyna pam,'
brathodd Cochyn.

'Brechdana cachu, brechdana cachu,' llafarganodd
y ddau fel tiwn gron.

Teimlais bwysau ei ddwrn ar fy nghefn.

'Ti isio ffeit, c'mon,' a wyneb Cochyn yn fflam
eiddgar.

'Ffeit!' gwaeddodd Gwyn, gan sleifio rhwng y
plant fel yslywen.

Doeddwn i ddim yn gwybod p'run o'r ddau yr
oeddwn i'n ei gasáu fwyaf, Gwyn Ty'n Rhos a'i
wyneb pwdin slei, yntau Llew Glan Rhyd a'i lygaid
ar ffeit, y fflamau ynddyn nhw'n beryglus ac yn wyllt
fel y fflamau yn llygaid fy mam.

'Ty'd 'laen,' pwniodd, 'y cachwr.'

Doeddwn i ddim yn gachwr. Fi wthiodd y cwch
pysgota i ganol y môr, nes ei fod yn symud yn araf ac
yn unig tuag at y gorwel. Fi wynebodd y plisman a
wynebu mynd i *borstal* at Tony, wynebu cael yr

handcuffs ar fy nwylo, wynebu peidio â chael y Brenin Du, a chael mam oedd yn anghofio fy mhenblwydd a thad hefo syniadau mawr. Doeddwn i ddim yn gachwr.

Anelais fy nwrn i ganol fflamau coch ei lygaid, asgwrn ar asgwrn caled, a suddodd i'r llawr o dan fy nhraed.

'C'mon, Cochyn, c'mon, Cochyn,' siantiodd y plant oedd wedi hel o'n cwmpas. Gwelais Elwyn, Eric a Dick yn y pellter; gwenais yn falch, roeddwn i'n arwr.

Cododd ar ei draed, ôl fy nwrn rhwng ei lygaid.

'Ga i chdi am hwnna, y bastad bach!'

Grym ei figyrnau'n fy nhaflu ar wastad fy nghefn, sêr yn dawnsio yn y tywyllwch, crac fy mhen yn taro'r llawr caled, wynebau'n chwirligwgan, lleisiau'n symud ar siglen, yn agos ac yn bell, yn bell ac yn agos.

'Geraint?' Y llais meddal rywle yn y distawrwydd dall.

'Fo ddechreuodd o, Miss! Fo ddechreuodd o!'

11

Es i adref a lwmp mawr ar fy mhen. Wnes i ddim
dweud wrthi be ddigwyddodd go iawn. Dim ond
dweud bod Llew Glan Rhyd wedi fy maglu. Wnes i
ddim dweud eu bod nhw wedi dŵad amdana i'n
fwriadol, Gwyn Ty'n Rhos a fo, yn chwilio am drwbl.
Wnes i ddim dweud be alwon nhw hi, a be alwon nhw
frechdanau fy nhad.

Roedd hi'n sâl, dyna ddywedodd Doctor Prys, ac
yn yfed gormod o'r wisgi uffar. Pan oedd rhywun yn
sâl doeddech chi ddim yn eu poeni nhw. Pan oedd
Marian Evans yn sâl yn yr ysgol hefo cur yn ei phen,
doedden ni ddim i fod i gadw sŵn. Er bod fy mhen
i'n brifo'n waeth na phen Marian Evans – roeddwn
i'n siŵr o hynny achos hen fabi oedd hi – wnes i ddim
dweud. Achos fe wyddwn rywsut fod poen fy mam yn
waeth na fy mhoen i.

Y noson honno, a'r awyrgylch yn derfysglyd yn y
tŷ a ffrae ar ei ffordd, doeddwn i ddim isio aros i
mewn i wrando arnyn nhw'n brifo'i gilydd.

Ciciais fy mhêl heibio postyn y gât gan ddychryn
cath Megan Tŷ Pen oddi ar y wal. Gwrach oedd
Megan Tŷ Pen go iawn, fel Alys Garreg Galch a'r
merched eraill oedd yn annifyr hefo Mam. Hen
wrachod milain oedden nhw i gyd, ond doedd neb yn
gwybod ond fi.

Yn y nos pan oedd pawb arall yn cysgu roedden
nhw'n hedfan ar eu hysgubau gan wneud drygioni.

Dywedodd Mam wrthyf am beidio lolian pan ddywedais wrthi, ac am fynd allan i gicio pêl 'run fath â George Best, yn lle ista yn y tŷ a 'nhrwyn mewn llyfr.

'Gormod o bwdin,' meddai, 'dagith gi.'

Yn y gors roedd adar yn nythu a blodau melyn gwenwynig yn tyfu. Rhywle ar y tir sych roedd nyth gylfinir; clywais ei gri yn torri'r awyr.

Wrth yr afon roedd Elwyn, Eric a Dick yn pysgota; teimlais y siom yn tagu yn fy ngwddw am nad oedden nhw wedi dweud wrthyf i.

Disgwyliais iddyn nhw sôn am y ffeit, fy nghanmol rywfaint am gael Cochyn i lawr, dangos cefnogaeth, ond wnaethon nhw ddim.

'Be oedda chi'n feddwl o'r ffeit, hogia?' gofynnais o'r diwedd.

Aeth pawb yn ddistaw, sbio ar ei gilydd fel petawn i wedi torri rheol fwya'r ganrif, rhegi yng nghlyw Parri'r Prifathro.

'Well i ti gadw o ffordd y ddau yna,' meddai Eric yn dywyll, 'maen nhw'n sôn am ddechra giang yn dy erbyn.'

Teimlais fy nghalon yn cyflymu a'r chwys yn pigo cledr fy llaw. Doedd o ddim wedi gorffen, felly, y ffeit ar yr iard.

'Pam maen nhw isio gneud hynny?' gofynnais a chryndod yn fy llais.

Cododd Eric ei ysgwydd.

'Paid â gofyn i mi,' meddai, 'dydy o ddim byd i wneud hefo fi.'

'Pa bryd?' gofynnais.

'Fory,' meddai Dick, a'i lygaid yn diflannu i'w wyneb tew.

'Well i ti ddojo,' dywedodd Eric.

Ond doeddwn i ddim yn gachgi, doeddwn i ddim am guddio fel llwfrgi.

Roedd yr hogiau yn fy ngwadu; medrwn ddweud ar yr olwg lechwraidd yn llygaid Dick, y nerfusrwydd yn Eric, yr oerni yn Elwyn. Trois i ffwrdd yn drist, gan eu gadael yn pysgota wrth yr afon; tri o fechgyn oedd unwaith yn ffrindiau, yn fy ngwadu am eu bod ofn eu crwyn eu hunain.

Fedrwn i mo'u beio. Pwy, wedi'r cwbl, oedd isio ochri hefo allanolyn?

Taflais olwg sydyn dros fy ysgwydd; roedd gwialen bysgota Elwyn yn sigo fel brwynen yn y gwynt.

'Dw i wedi dal rhywbath!' gwaeddodd, a'i lais yn gynnwrf i gyd.

Gwingodd yslywen ar y bachyn. Rhegodd Elwyn, a'i thaflu'n flin i ganol y brwyn. Roedd Dick wedi ei guro, wedi dal pysgodyn yn barod, wedi ei lapio'n ofalus mewn dail tafol, a'i osod tu ôl i garreg yn barod i fynd adref. Roedd Elwyn yn gollwr gwael.

Dw i'n cofio gwenu wrthyf fi fy hun yn drist, fel petawn yn eu gweld am y tro olaf. Yna'n mynd adref ac yn estyn y bocs esgidiau'n ofalus o'i guddfan o dan y gwely, agor y caead, cyffwrdd â'r trysorau oddi mewn. I bwy yr oeddwn i'n mynd i'w rhoi? Doedd Elwyn, Eric a Dick ddim yn eu haeddu.

Yna daeth y syniad, mor glir â dŵr yn rhedeg i lawr y mynydd; byddwn yn rhoi fy nhrysorau i gyd, y bocs esgidiau gwerthfawr, i Miss Roberts ddel. Achos ar ôl yfory fyddwn i ddim yma. Yfory roedd Llew Glan Rhyd a Gwyn Ty'n Rhos yn mynd i ddechrau giang yn fy erbyn. 'Run fath â'r giang ddechreuon nhw yn erbyn Huw'r Post. Gwyddwn fod y ffeit ges i yn ddim byd i'w gymharu â'r hyn gafodd Huw'r Post flwyddyn yn ôl. A be oedd ei drosedd? Galw Cochyn yn Cochyn i'w wyneb, a gwrthod rhannu ei wagon whîl hefo Gwyn Ty'n Rhos oedd yn cael un iddo fo'i hun bob dydd beth bynnag.

A'r unig reswm roedd mam Huw'r Post wedi rhoi'r wagon whîl yn ei boced i'w fwyta amser brêc yn y lle cynta oedd i wneud yn iawn am y ffaith bod ei dad wedi torri ei feic wrth fagio'n ôl yn ei lorri a'i wasgu yn erbyn y wal nes ei fod wedi camu gormod i'w reidio, a doedd neb yn medru fforddio prynu un arall iddo fo tan Dolig. Tad Huw'r Post oedd wedi cael cymaint o gwrw y noson cynt doedd o ddim yn sobr y bore wedyn, meddan nhw.

Cofiais Huw'r Post ar lawr wrth ddrws y toilets, yn ei ddyblau, y gwaed yn diferu o gongl ei geg, yn gwneud pwll coch fel jam poeth ar y llawr.

Finnau'n sefyll yn y cefndir, ei weiddi'n gwneud i'm stumog gorddi, gweld yr esgidiau'n anelu am ei ben, ei freichiau'n amddiffyn, ei arddwn eiddil, ei gorff tenau'n belen.

Eirlys Ffynnon Berw aeth i nôl Parri'r Prifathro, a dal y ddau wrthi, Parri a Mrs Watkin Jones, yn cusanu yn yr ystordy.

Galwyd pwyllgor a chollodd Mrs Watkin Jones ei job a'i gŵr ond chollodd Parri'r Prifathro ddim byd. Dyna pryd ddaeth Miss Roberts ddel, i lenwi swydd Mrs Watkin Jones oedd wedi cael ei dal yn cusanu Parri'r Prifathro.

Taflodd Huw'r Post ei berfedd i fyny, a hwnnw'n cymysgu hefo'r jam poeth ar y llawr a gwneud i mi gyfogi'n wag i'r awyr fel pysgodyn.

Cyrhaeddodd Parri a'i wyneb yn fflamgoch a'i grys allan o'i drowsus, a sibrydwyd y gyfrinach o enau Eirlys Ffynnon Berw i enau'r plant eraill fel fflamau'n llyfu, tafodau fflam yn sibrwd ac yn llosgi o un i'r llall.

Triodd Huw'r Post godi ar ei draed ond methodd; llithrodd yn llipa i'r llawr a'i wyneb fel papur. Gwrthododd pawb ddweud pwy oedd yn gyfrifol, hyd yn oed Eirlys Ffynnon Berw.

Roedd pawb yn gwybod bod tad Gwyn Ty'n Rhos ar bwyllgor yr ysgol, a thad Llew Glan Rhyd yn flaenor, a thad Huw'r Post yn ddim byd ond dreifar lorri meddw a'i fam ag ofn ei chysgod ei hun. Pe byddent yn dweud, fyddai Parri'r Prifathro ddim isio pechu teuluoedd parchus Llew a Gwyn. Gwyddent hyn yn reddfol, heb ddweud gair; dyma oedd deddf dawel yr ysgol. Y plant o deuluoedd parchus oedd fel rheol yn dianc yn ddigerydd.

Felly ni chafwyd cyfiawnder y diwrnod hwnnw. Calla dyn pan dawo. Doedd neb isio bod yn yr un twll â Huw'r Post.

Llithrais fy mys ar hyd plisgyn llyfn yr wy dryw bach a guddiai yn y wadin yn y bocs esgidiau. Cofiais roi fy mys mewn twll cynnes o fwsog a phlu yng nghalon tas wair, teimlo'r perlau bach, dwyn un, a mynd ag ef adref yn ofalus yng nghledr fy llaw. Yna, pigo'r plisgyn â nodwydd, chwythu'r melynwy, oedd wedi ei gorddi'n dywyll gan gyw, allan yn swpyn ar y glaswellt yn yr ardd. Teimlo'n euog am fy mod wedi lladd cyw bach oedd yn dechrau tyfu.

Wy colomen ar yr eira gwyn o wadin, wy gylfinir a'i ysmotiau fel man geni, wy bronfraith, wy aderyn y to.

Wrth eu hochr, y goncer fwyaf erioed, enillydd pob ymryson ar iard yr ysgol. Teimlais blisgyn caled yr ychydig o groen oedd ar ôl, mor llyfn â phren wedi'i sgleinio, cofio ei darganfod yn gorwedd o dan y coed, ei chot yn bigau hyll fel ffrwydryn, wedi cau'n dynn amdani. Llithro fy ewin i lawr hanner ei byd, dau ddarn yn gwahanu yn fy llaw, y perl yn sgleinio mewn gwely gwyn, yn wincio arnaf.

Darnau o wydr, cregyn, carreg wen, hen fforc a'i phig yn gam, corcyn, darn o linyn bêl, gwlân dafad, hen esgyrn, pluen, cranc wedi ei dorri, marblis.

Gwthiais y caead ar fy nhrysorau'n drist; yfory roedd Llew Glan Rhyd a Gwyn Ty'n Rhos a'u giang yn mynd i fy nghicio yn fy mhreifats nes i mi daflu i fyny a brifo cymaint nes fy mod yn marw.

Caeais fy llygaid, rhoddais fy nwylo at ei gilydd a gweddïais y byddai Miss Roberts ddel yn edrych ar ôl fy mocs trysorau.

12

Y noson honno roedd y byd yn ddu iawn: wyddwn i ddim y byddai'n mynd yn dduach, y byddai rhywbeth yn digwydd a fyddai'n bychanu pwysigrwydd Llew Glan Rhyd a Gwyn Ty'n Rhos a'u giang.

Clywais y ffraeo ymhell i'r nos. Ceisiais gladdu fy mhen yn y gobennydd, boddi sŵn eu lleisiau'n rhygnu ar ei gilydd, ond aethant yn uwch ac yn uwch.

Clywais ei sgrech yn rhwygo'r tŷ. Rhewais fel marmor yn y gwely, a'r distawrwydd ar ôl y sgrech yn ddistawrwydd dychrynllyd. Saib hir. Sŵn rhywbeth yn disgyn, cadair yn crafu'r llawr, sŵn cwpan ar soser, llwy . . .

Symudais o 'ngwely'n ddistaw, a'm traed yn oer ar y linoliwm, yn meddwl am y carped tew yn ymestyn o wal i wal oedd fy mam isio. Sefais ar ben y grisiau a sbio i lawr, gan gofio'r holl adegau yr oeddwn wedi eistedd yno'n gwrando arnyn nhw'n ffraeo.

Ond roedd heno'n waeth nag unrhyw heno arall, a rhywbeth peryglus yn y distawrwydd na allwn ei amgyffred.

Clywais lais fy mam yn crefu fel anifail wedi ei brifo.

'Plîs, Merfyn, plîs!'

'Dw i'n galw am y doctor,' atebodd yntau'n bendant.

Doctor Prys, y brenin oedd yn gwybod popeth, a fyddai'n trwsio Mam a 'nhad fel y gwnaeth y syrcas am ychydig.

Roeddwn i isio gwybod pam wnaeth hi sgrechian, pam roedd hi'n crefu am lonydd, a'r nos yn dywyll ac yn ddistaw, a phawb arall yn y byd yn cysgu.

Sŵn drws yn agor ym mherfeddion y tŷ, finnau'n sleifio'n ôl i'm gwely, cylch o olau ar y pared, sŵn car yn stopio tu allan, ei gysgod ar y llwybr yn llonydd, y doctor yn edrych i fyny at y ffenest ac yn gweld y silwét perffaith o'r bachgen tu ôl i'r cyrtens tenau a'r ddwy law yn erfyn.

'Plîs, Dduw, plîs, gwnewch Mam yn well, plîs, Dduw!'

Ond wnaeth o ddim ateb fy ngweddi.

Dwy law yn erfyn sydd yn y darlun
Wrth ymyl fy ngwely i;
Bob bore a nos mae'u gweddi'n un dlos,
Mi wn er na chlywaf hi.

Aeth fy mam i ffwrdd, wedi pacio'i dillad a'i chloc larwm a'i brws gwallt yn y cês o dan y gwely, a sefyll wrth ddrws y gegin fel y bu fy nhad o'r blaen a'r cês yn ei llaw. Roedd ei llygaid yn wyllt fel y fflamau yn y grât a llygaid Cochyn cyn y ffeit; roedd arna i ofn y fflach ryfedd yn eu canol.

'Mae hi'n mynd i le gwell,' cysurodd fy nhad, 'rhywle lle byddan nhw'n edrych ar ei hôl, ac fe geith bob chwara teg yn Bryn Du.'

'Am faint ydach chi'n mynd?' gofynnais.

Edrychodd arnaf a'r plisgyn tenau'n disgyn fel ffenest yn cau rhyngddi hi a fi.

'Fyddwch chi adra am y Dolig?'

Ond ddywedodd hi ddim byd i'm cysuro, dim ond gwyro i gau ei chareiau, ond gwelais y deigryn yn disgyn ar flaen ei hesgid fel dafn o law.

Dw i'n ei chofio hi'n troi at fy nhad, yn dweud wrtho am beidio â dod i'w gweld; fyddai hi byth yn maddau iddo.

Be ydych chi'n ei wneud pan mae eich mam yn colli gafael?

'Peidiwch â mynd!' crefais, gan hongian wrth ei chot.

'Gad i dy fam fod,' meddai fy nhad, 'mae hi isio llonydd.'

Trodd ataf wedyn, a finnau'n sefyll a fy mhen i lawr, yn teimlo rywsut mai fi oedd ar fai am wthio'r cwch hwnnw i'r dŵr, malu'r jŵg lefrith, rhegi'r nyrs, ffafrio Miss Roberts ddel o flaen fy mam fy hun.

'Wyddost ti be,' sibrydodd yn fy nghlust, 'mae'r syrcas yn dod.'

Fe ddaeth y syrcas eto, *The Roberts Brothers. The Greatest Show on Earth*, ond gwyddwn ei bod yn rhy hwyr y tro hwn i drwsio fy mam.

Gwelodd fy nhad yr hysbyseb:

WANTED, GOOD TENTMEN

Gwelais y fflach yn ei lygaid brown, y gobaith yn sgleinio, wrth iddo ymuno â'r ciw o ddynion swnllyd wrth ddrws carafán flêr.

'Mae'n well na slafio i Jac Maes Glas,' ysgyrnygodd drwy'i ddannedd.

Teimlais ias yn cerdded fy nghefn . . . un o syniadau mawr fy nhad. Clywais lais fy mam yn ei geryddu, doedd hi ddim yna mwyach i'm hamddiffyn. Nid ei bod wedi f'amddiffyn ryw lawer yn ddiweddar. Roedd fy nghalon yn disgyn wrth i'r ciw fynd yn llai ac yn llai o hyd.

'Be ydy *TENTMEN*?' gofynnais.

'Dynion sy'n helpu i godi'r pebyll a'u tynnu nhw i lawr wedyn pan mae'r syrcas wedi gorffen, dynion cry,' pwysleisiodd yn falch.

Yna roedd fy nhad cryf ym mlaen y ciw, a dynes dew fel casgen yn rhoi papurau yn ei law.

'Hi ydy ei wraig o,' sibrydodd. 'Roberts . . . y dyn ei hun.'

Clywais sŵn y llewod yn rhuo rywle y tu ôl i'r pebyll. Meddyliais be fyddai Elwyn, Eric a Dick yn ei ddweud pan ddywedwn wrthyn nhw fod fy nhad wedi cael job yn y syrcas; byddwn yn arwr.

Tu mewn i'r babell fawr roedd y band yn ymarfer, eu miwsig yn pigo croen fy mhen ac yn gwneud i mi deimlo awydd dawnsio. A dynes wallt melyn fel gwallt dol yn gwneud candi fflos ar stof fechan.

'Chwaer y dyn ei hun,' ebe fy nhad. 'Gloria.'

Wnes i ddim amau bryd hynny sut roedd o'n gwybod pwy oedd pwy yn y syrcas. Ef oedd fy nhad; roedd fy nhad yn gwybod popeth.

Doeddwn i ddim isio mynd yn rhy agos i Birma'r eliffant ar ôl clywed be ddigwyddodd i'r ci.

Gofynnais i fy nhad lle'r oedd Kay, y ddynes ddel ar gefn yr eliffant, oedd wedi chwythu cusan atom.

Cododd ei ysgwydd yn ddihitio.

'Gneud ei hun yn barod, mae'n siŵr,' meddai, 'am y perfformiad pnawn.'

Edrychais ar y carafanau'n glwstwr wrth ei gilydd, mor agos â'n desgiau yn yr ysgol, a cheisiais ddyfalu lle'r oedd Kay.

Cefais wybod yn ddigon buan, a daethon ni i'w hadnabod yn dda, a hithau'n gadael i 'nhad arwain Birma i'r cylch, am fod ganddo ffordd hefo anifeiliaid, yn cyffwrdd yn ei wegil â'i bysedd hir, yn rhoi cusan ar ei foch yn lle ei chwythu ato.

Dw i'n cofio eistedd ar y sêt goch ar fy mhen fy hun, yn chwyddo o falchder. Fy nhad i oedd y dyn cryf yn y cylch, yn ei drowsus du tyn a'i grys sidan coch, yn troi'r llwyfan yn gaets, yn troi'r man tywyll tu ôl i'r cyrtens coch yn dwnnel i'r anifeiliaid peryglus gerdded drwyddo, yn cael cusan gan y ddynes ddel ar yr eliffant.

Dyna sut y bu i mi ddilyn y syrcas o le i le yr haf hwnnw a'r hafau dilynol; gadael Llwyn Berth nes ei fod yn ddim ond atgof, dod yn hogyn syrcas hefo carafán yn lle tŷ. Gwnes ffrindiau hefo Midge y clown bach nad oedd byth yn sobr, gan gymryd ei le ryw ddydd pan oeddwn i'n hŷn a Midge yn cysgu o dan olwynion y tryc, yn rhy feddw i fynd i'r cylch.

Gwisgais ei het banamâ a'i got twîd a'i drowsus gwlanen a smaliais fod yn ŵr mawr yn smocio sigâr, fel yr oeddwn wedi ei wylio yn ei wneud cymaint o weithiau o'r blaen.

Teimlais gynhesrwydd cymeradwyaeth y dorf; fe'm mesmereiddiwyd ganddo, fel y'm mesmereidd-iwyd y tro cyntaf un gan Togora'r folcano dynol, merched y trapîs yn pefrio â secwins, y bêl wydr yn disgleirio o'r nen, yn taflu ei chaleidosgob o liwiau wrth droi a throi, y cyrff acrobatig, y pyramidiau dynol. Fe'm hudwyd ganddo i gyd fel gan gyffur.

Cyrraedd diwedd y perfformiad olaf ar y diwrnod olaf mewn tref arall, helpu fy nhad a'r dynion eraill i ddynnu'r pebyll i lawr. Ymgynnull i chwarae cardiau yng ngharafán Kavor, un o ddynion y trapîs o Hwngari, dweud storïau tan oriau mân y bore.

'Roedd fy nhad yn berchennog ffatri yn Budapest,' dechreuodd, 'ffatri sgidia prydferth wedi eu gwnïo â llaw . . .'

Dysgais am y llewod gan Harry yr hyfforddwr o Czechoslovakia, y gorau yn y byd am drin anifeiliaid, a oedd wedi dofi llew o'r enw Simba nes ei fod yn medru rhoi ei ben yn ei geg. Am flynyddoedd roedd ôl ei ddannedd miniog ar ei wyneb.

'Ac mae rhai pobl yn honni bod modd dal y diciáu o wynt cathod mawr,' meddai'n chwerw. 'Gwenwyn, cenfigennus am fod y perfformiad yn un o'r goreuon yn y wlad.'

A'r llew mwyaf dof fyddai'n achosi'r trwbl mwya, am mai ef fyddai'n eich parchu leia.

'Llew mor ddof fel y medrech reidio ar ei gefn a rhoi eich llaw yn ei geg, laddodd Fred Box.'

Y gwryw fyddai'n trio eich lladd pan mae o isio llewes, am ei fod yn eich ystyried yn fygythiad. Dysgais fod llew angen meistr, angen credu nad ydych yn ei ofni.

Pan daflwyd Daniel i ffau'r llewod, dangosodd ei ffydd yn Nuw drwy sefyll yn berffaith lonydd a herfeiddiol. Am y rheswm yna, wnaeth y llewod ddim ymosod arno. Mae llewod isio meistr, isio gwybod pwy ydy'r bòs.

Yr oedd gan Kay stori am lewod, stori a oedd wedi tyfu ar dafod leferydd yn fwy manwl bob tro, am sut y cafodd ei pherswadio gan yr hyfforddwr ifanc, llancaidd i'w ddilyn i'w caets.

'Roeddwn i'n gwisgo ffrog felen lachar,' dechreuodd, 'a chwmpas y sgert yn chwyddo allan fel hwyl yn y gwynt . . .'

Stopiodd am ennyd, yn mwynhau ein sylw, pob wyneb yn troi tuag ati.

'Rhwng dau a phedwar y pnawn oedd hi, pan oedd pawb yn gorffwys rhwng y sioea. Hugo oedd ei enw, newydd gyrraedd, isio creu argraff arna i, dangos ei hun, a finna'n ddigon gwirion i wrando arno. Doedd neb wedi mynd yn agos at Ziggy o'r blaen, yn gwisgo ffrog.

'Cyn i mi roi fy nhroed i mewn i'r caets, bron, roedd ei bawen yn dod amdanaf, yn bachu yn fy sgert, ac yn ei rhwygo i ffwrdd mewn un ergyd ysgubol. A 'nghoesa'n crynu ac yn dechra siglo, neidiodd Hugo i'm hamddiffyn, gan sefyll o flaen y llew, a'r bawen eto yn rhwygo'i wyneb. Trwy lwc methodd ei lygad, ond cafodd ddeuddeg pwyth a chraith hyll i'w dangos am ein ffolineb.'

Gwyddwn rŵan mai Hugo oeddwn i wedi ei weld yn feistr y cylch yn y syrcas cyntaf hwnnw, pan wnes i biso yn fy nhrowsus. Gwelais y graith ar ei wyneb.

Kay . . . dw i'n ei chofio'n eistedd yn fychan ac yn brydferth ar y llawr wrth draed fy nhad, yn gwenu, ei phen yn pwyso ar ei lin, Kay a oedd wedi chwythu cusan atom unwaith. Yr oedd wedi gweld fy nhad ymhell cyn hynny, yn fachgen deunaw oed, yn arwain Samson yr eliffant peryglus i'w gwt pan oedd pawb arall yn methu. Kay, merch fach Jim, gwarchodwr yr eliffantod.

Roedd fy mam yn dal i wrthod gweld 'nhad, a byth wedi maddau iddo am arwyddo'r papurau oedd yn honni ei bod yn ddigon sâl i dreulio'r blynyddoedd yna yn Bryn Du.

Pan ddaeth y syrcas i'r cyffiniau eto, es i'w gweld, magu digon o blwc, yr euogrwydd mai fi oedd ar fai rywsut am yr hyn ddigwyddodd iddi, yn dechrau cilio.

Dw i'n ei chofio hi'n sefyll wrth droed y gwely, yn ddynes deneuach na fy mam, yn plygu papur newydd yn dwt ac yn ei osod ar y gadair, yna'n troi'n sydyn wrth glywed sŵn fy nhraed.

'Geraint!' gwaeddodd dros y lle. 'Y bastad bach, ti 'di tyfu.'

Sythodd, a methwn gredu mai'r ddynes dal, denau yma oedd fy mam. Camodd tuag ataf.

'Pwy 'sa'n meddwl,' meddai, gan fy ngwasgu'n dynn i'w bronnau. 'Geraint bach 'di tyfu'n llanc.'

Gwingais yn ei breichiau noeth a'r gwres yn codi i'm hwyneb fel tân.

'Faint 'di d'oed ti rŵan?' gofynnodd, gan lacio'i gafael ynof.

'Un ar ddeg,' mwmiais, gan gofio'r diwrnod hwnnw pan anghofiodd hi fy mhen-blwydd.

'Ti ddim yn rhy hen, nac wyt,' meddai'n ansicr, 'i gael mwytha gin dy fam?'

Roedd yn anodd i mi ddygymod â'i chofleidio sydyn, chwyrn; hogyn a arferai gael peltan am y peth lleia.

Roedd yn anodd i mi gredu, hefyd, fod dwy flynedd hir wedi mynd heibio ers i mi ei gweld.

Mae'n siŵr ei bod yn ymddangos yn beth od i rai, fy mod wedi ymgartrefu mor dda mewn syrcas, wedi rhoi'r gorffennol tu ôl i mi.

Byddwn yn meddwl hynny fy hun yn aml, yn methu dygymod â'r peth weithiau, pa mor hawdd ydoedd i orffennol rhywun lithro i'r llwch, pa mor anaml roeddwn i'n meddwl am fy mam yn yr ysbyty hwnnw yn Bryn Du.

Ond mae 'na hen ddywediad ymysg pobl y sioeau, *unwaith rydych chi wedi teimlo'r llwch llif o dan eich traed* . . .

Roedd fy nhad wedi ei deimlo flynyddoedd yn ôl, ac wedi methu â'i gicio i ffwrdd.

Yn ogystal â chymryd rhan Midge y clown bach, roeddwn i wedi dechrau ymddangos yn y cylch ar gefn Birma yr eliffant, wedi fy ngwisgo mewn dillad sidan glas, yr un lliw â bicini Kay. Roedden ni'n bâr delfrydol a phawb yn meddwl mai hi oedd fy mam. Mae'n gywilydd gen i gyfaddef bod y balchder yn chwyddo ynof wrth i mi chwarae'r rhan o fod yn fab iddi, yn chwifio'r hances boced wen at y dorf, gan wenu gwên y syrcas nawr fel rhywun wedi cael ei eni ynddi.

'Dw i 'di dy golli di,' meddai, nes bod ton o euogrwydd yn fy moddi, am fy mod wedi ei hanghofio yn llawer rhy fuan, ac agendor wedi tyfu rhyngom na fedrwn weld gobaith o'i phontio.

'Mae Dad isio dy weld di,' dywedais, fel rhywun yn codi hen grachen.

'Dw i ddim isio'i weld o,' brathodd, a'r hen chwerwder yn ôl yn ei llais; ond roedd rhyw awydd yn ei llygaid, yn groes i'w geiriau.

'Doedd o'm isio d'adal di'n fan'ma,' meddwn. 'Meddwl mai fan'ma oedd y lle gora i chdi oedd o.'

'Hel merchaid,' mwmiodd. 'Isio'i draed yn rhydd i hel merchaid.'

Clywais yr hen ddiflastod yn ei llais a dechreuais ddifaru fy mod wedi mynd i'w gweld o gwbl. Doeddwn i ddim isio dŵad â'r gorffennol yn ôl, y gorffennol a'i friwiau.

Sylwais ar y waliau moel, gwyn, heb ddarlun i'w harddu, gorchudd y gwely 'run lliw â gorchudd y gwely drws nesa, arogl rhywbeth chwerw yn fy ffroenau, disinffectant a chwys, bwyd ysgol, cabaits yn berwi, blodau'n marw.

'Ti ddim yn deud wrtha i ei fod o wedi bod yn ffyddlon? Dw i 'di ca'l ei hanas o . . . pobl yn dŵad yma, yn agor eu cega . . .'

Codais fy ysgwyddau. Roedd Kay yn ei gusanu ond ddim yn rhannu ei wely; fi oedd yn rhannu hwnnw.

'Chdi mae o isio,' sibrydais a lwmp yn fy ngwddf, 'neb arall.'

''Tydw i'n lwcus,' atebodd yn sur.

Yna trodd at y cwpwrdd bychan wrth ochr ei gwely, estyn drych, sbio ar ei hwyneb ynddo fel petai'n ei gweld ei hun am y tro cyntaf, tynnu crib drwy'i gwallt cringoch, a sythu plygiadau ei blows dros ei chanol main yn falch.

'Dw i'n mynd o'ma ddiwadd y mis.'

Cyflymodd fy nghalon.

'Dowch hefo ni.'

Chwarddodd fel petawn wedi dweud y peth gwiriona dan haul.

'Be wnawn i'n fan'no?' meddai.

'Deud ffortiwn,' atebais yn sydyn. 'Roedda chdi'n un dda am ddeud ffortiwn ers talwm, hefo dail te a chardia ac ati, ti'n cofio?'

Gwyddwn fy mod wedi dechrau hel meddyliau ymhell yn ôl, yn nhawelwch y nos pan oeddwn i'n ei cholli; pan glywais fod Marjorie wedi penderfynu mynd i drin y nadroedd yn lle trin cardiau. Roedd fy mam yn un o'r rhai gorau am ddweud ffortiwn.

'Mae 'na job yn mynd,' meddwn, a'r gobaith yn chwyddo ynof. 'Dw i'n gweithio yn y *ring* fel Dad, bod yn glown, gneud i'r bobl chwerthin, reidio Birma'r eliffant . . . mae 'na ddyn o'r enw Harry'n pwyso olwyn drol ar ei ên, a dal pluen ar ei drwyn. Mae o'n mynd i fy nysgu i sut i bwyso pêl ar fy nhalcen – fel morlo.' Chwarddais. 'Ella ga i gerddad y weiran. Mae Marjorie'r acrobat yn medru llithro rhwng ffyn ystol 'run fath â neidr, ac mae hi'n gwisgo peithon rownd ei gwddw fel sgarff. Weithia mae hi'n deud ffortiwn.'

Roeddwn i'n llawn cyffro yn meddwl am fy mam yn y syrcas, yn eistedd yng ngharafán Kavor, wrth y bwrdd bychan, a'r llenni du wedi cau, yn gafael yn dynn yn y dwylo oedd wedi ymestyn tuag ati'n gyfrinachol. Gwelwn ei bys yn llithro'n araf ac yn dyner i lawr y llinellau fforchiog, ei gwefus yn symud, ei sibrydion yn gwneud i'r cryndod gerdded fy nghefn.

'Mae rhywbeth newydd yn digwydd o hyd,' meddwn, 'dydy o ddim 'run fath â Llwyn Berth.'

Edrychodd arnaf yn syn, fel petawn yn siarad iaith arall.

Sut medrwn i ddangos iddi beth oedd trafaelio hefo'r syrcas, codi yn y bore, palu'r barrug oddi ar y tir?

'Maen nhw 'di prynu stalwyn newydd – un bach du.'

'Dw i'n gwbod be ti 'di alw fo.'

Gwenais. Doedd hi ddim wedi anghofio, felly, fy mreuddwyd i a breuddwyd fy nhad.

'Be arall ti'n neud?'

'Dysgu ei drin o – y stalwyn, un gwyllt gwirion ydy o, isio'i ddofi. Bron i'r hen un ladd un o'r dynion – ei frathu yn ei wddw.'

'Dwyt ti'm ofn?' gofynnodd, a'r syndod ar ei hwyneb o hyd. Gwyddwn be oedd hi'n feddwl; fi, Geraint, y bastad bach, a oedd yn piso'n ei drowsus am y peth lleia.

Doeddwn i ddim yn hoffi'r barrug ar y tir yn y boreau, y glaw yn troi'r cae yn bwll mwdlyd, y camelod yn poeri arnaf, nes fy mod yn drewi am ddyddiau wedyn, rhigwm yr hyfforddi unig, y gwobrwyo felltith am bob camp, y chwip, y cic, a'r brathiad slei.

'Maen nhw'n fy nysgu sut i drin anifeiliaid,' dywedais. 'Bocsiwr oedd y dyn gafodd ei frathu, nid dyn syrcas. Roedd o'n ddigon gwirion i beidio symud oddi ar ffordd stalwyn pan oedd o'n rhedeg drwy ddrws y cylch. Fedrwch chi osgoi trwbl.'

81

Parhaodd i syllu arnaf, y syndod yn ei llygaid; sut y medrwn i, Geraint o bawb, ymgartrefu mewn byd mor ddieithr?

'Wyt ti'n dŵad?'

Ysgydwodd ei phen yn drist.

'Dy syrcas di ydy o – chdi a dy dad.'

'Doedd gen i'm dewis,' meddwn, gan weld y fflach o boen ar ei hwyneb a difaru'n syth fy mod wedi gadael i'r geiriau lithro drwy 'ngenau.

'Ti'n hapus,' dywedodd, 'mae'n ddigon hawdd gweld.'

Sylweddolais wedyn fy mod i'n hapus, a phe byddwn yn cael y dewis o drafaelio hefo'r syrcas neu ddychwelyd i Lwyn Berth, y syrcas fyddai'n ennill. Roeddwn i wedi teimlo'r llwch llif o dan fy nhraed.

'Dw i 'di ca'l hanas lle,' meddai'n falch, 'yn bell o fan'ma. Hanas o job.' Roedd am gicio llwch Llwyn Berth o dan ei sodlau.

'Ddeuda i wrth Dad.'

Dw i'n cofio'r distawrwydd a ddilynodd, yn disgyn i'r gwagle, fel y gwacter o dan gerddwyr y weiren heb rwyd ddiogelwch oddi tanynt.

'Ddeuda i wrtho fo,' meddai o'r diwedd, a minnau'n dal fy anadl yn dynn.

Tynnodd grib drwy'i gwallt ac edrych arni ei hun yn y drych unwaith eto.

'Os bydd o'n fy nabod i, 'te.'

£6.95

'Nofel arswyd yw *Tewach na dŵr*, un sy'n gyrru ias oer i lawr asgwrn cefn ac yn chwarae pob math o gastiau â'r dychymyg a'r meddwl. Mae'n llithio'r darllenydd ac yn ei ddal fel gwybedyn mewn gwe.'

Eigra Lewis Roberts
www.gwales.com

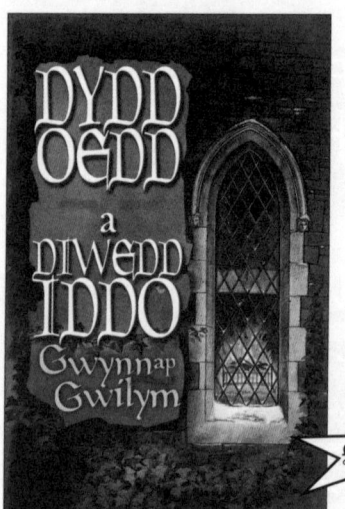

£5.95

'…y peth gorau i mi ei ddarllen yn Gymraeg ers tro byd.'

Glyn Evans
BBC Cymru'r Byd

'Nofel amlweddog yw hon, sy'n cyffwrdd â llwyth o wahanol themâu. Mae'r stori wedi'i gweu'n dynn, a dawns y cymeriadau o gwmpas ei gilydd yn dal sylw'r darllenydd o dudadlen i dudalen.'

Martin Davis
www.gwales.com

£7.95

'Fe'm cyfareddwyd gan symlrwydd sicr yr arddull, gan union-gyrchedd hyderus y dweud a chan onestrwydd a diffuant-rwydd yr awdur wrth ymwneud â phwnc mor ingol.'

Manon Rhys

£5.95

'Omeigod!' Croeso i fyd gwallgo Catrin Jones,
lle daw unig gysur y darllenydd o wybod fod rhywun
yn waeth ei byd na ni.

'Dyma nofel emosiynol ac ysgytwol sy'n wir yn werth ei darllen.'

Catrin Jones
BBC Cymru'r Byd

£6.95

'Byddwn i'n annog pawb i'w darllen. Mae hi'n glasur bach o nofel, ei naturioldeb a'i diffuantrwydd yn apelio at y meddwl a'r galon, a'i thafodiaith yn pefrio.'

Eigra Lewis Roberts
www.gwales.com

£6.95

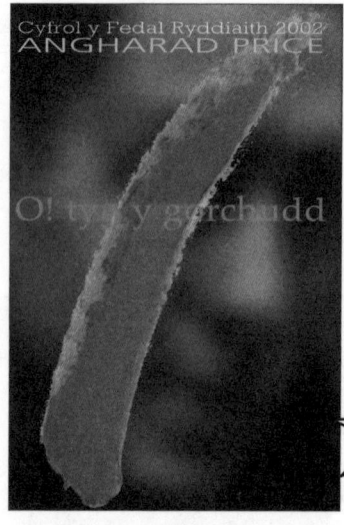

'Mae hon yn gyfrol sydd
wir yn werth ei darllen,
a'ch colled chi fyddai
peidio â gwneud hynny.'

Gwenllïan Dafydd
www.gwales.com

£6.95

'Megis cynhyrchydd
opera sebon gwerth ei
halen, mae'r awdur yn
gadael golygfeydd yn eu
blas, yn dechrau
penodau newydd i'n
cosi; mae'r cwbwl yn
dyst i brofiad awdur sy'n
gyfarwydd â'r broses
angenrheidiol o saernïo
nofel'

Lowri Davies
www.gwales.com

£6.95